OETINGER TASCHENBUCH

Maike Stein, 1969 geboren, hat eine Ausbildung zum Clown, zur Betriebswirtin und zur Fremdsprachenkorrespondentin absolviert. Heute arbeitet die Wahl-Berlinerin, die auch eine Lesebühne mitbegründet hat, als Autorin und Übersetzerin.

Maike Stein

WIR SIND UNSICHTBAR

Oetinger Taschenbuch

Außerdem von Maike Stein bei Oetinger Taschenbuch erschienen:

Tagebücher lügen nicht

MIX
Papier aus verantwortungsvollen Quellen
FSC® C014496

Das für dieses Buch verwendete FSC®-zertifizierte
Papier Danube liefert Salzer Papier, St. Pölten, Austria.
Der FSC® ist eine nicht staatliche, gemeinnützige Organisation,
die sich für eine ökologische und sozialverantwortliche
Nutzung unserer Wälder einsetzt.

Originalausgabe
1. Auflage 2015

Zitat S. 139 aus: »The Catcher in the Rye«,
Bantam Books, New York, Seite 8.
Umschlagmotiv: © kurzhaariger Teenager: ostill@shutterstock; © Berlin Oberbaumbrücke: linerpics@shutterstock
Umschlaggestaltung: Kathrin Schüler
Druck: GGP Media GmbH, Pößneck
ISBN 978-3-8415-0309-1

www.oetinger-taschenbuch.de

»I want a fearless love,
I won't settle for anything less«

MELISSA ETHERIDGE »FEARLESS LOVE«

Leska's Life: Mein Leben mit dem Coming-out

Notizen aus der Realität. Aktuelle Haarfarbe: blau & silber

31. Juli

Hallo, ihr da draußen –

ja, ich hab's getan. Ist jetzt zwei Jahre her, und inzwischen wissen es alle. Meine Mutter ist zuerst völlig durchgedreht. Hat mich bei meinem Vater abgeladen, weil sie Angst hatte, ich könnte ansteckend sein. Sie wollte meine kleine Schwester vor mir schützen. Kein Witz. Und ich hab gedacht, wir leben im 21. Jahrhundert! Jetzt bin ich froh darüber, dass sie mich zu meinem Vater geschickt hat. Oder würdet ihr bei jemandem wohnen wollen, der euch für krank hält? Na ja, mit der Zeit hat sie sich beruhigt. Mehr oder weniger. Was vielleicht auch daran liegt, dass ich immer noch keine Freundin habe. Sie ist also noch nicht mit sichtbaren Beweisen meines Lesbischseins konfrontiert worden und hatte etwas Zeit, sich an die Theorie zu gewöhnen. Wir reden nicht mehr drüber, aber ich bin bei ihr wieder erlaubt. Als Gast. Ich will nicht lügen: Volle Akzeptanz fühlt sich anders an. Das erleb ich ja bei anderen, wie meinem großen Bruder, seiner Freundin – und zum Glück auch bei vielen in der Schule. Mein Vater scheint es auch okay zu finden. Er fragt manchmal nach. Aber mal ehrlich, redet ihr mit eu-

ren Eltern über die Mädchen – oder auch Jungs –, in die ihr euch verknallt habt?
Im Moment ist da sowieso keine. An alle Überneugierigen: Ihr könnt aufhören mit den Fragen, wie es ist, ein Mädchen zu küssen. Ich weiß es nicht. Wenn ich es weiß, erfahrt ihr es als Erste – nee, als Zweite, zuerst muss ich es ja mal erfahren ... ;-)

Bis zum nächsten Mal –
Eure Leska

KOMMENTARE

outandabout
Eltern ... die können sowohl das Beste als auch das Schlimmste in dir hervorbringen. Und so viel kaputt machen. Gut, dass du zu deinem Vater konntest! Ich hab meinen Eltern klipp und klar gesagt, entweder sie akzeptieren mich, oder ich bin weg. Hab Glück gehabt! Und ich hab ihnen auch gesagt, dass ich nicht auf Toleranz aus bin, sondern auf Akzeptanz. Drunter mach ich's nicht. Schlagt den Unterschied nach, wenn ihr ihn nicht kennt ...
Viele virtuelle Küsse!

Carla07

Danke für deinen Blog! Hab ihn gerade erst entdeckt. Ich bin also nicht allein hier draußen … na ja, hier, wo ich lebe, vermutlich schon, aber wenigstens scheint's noch andere von meiner Sorte zu geben.

Schrankflüchtling

@Carla07: Von uns gibt's jede Menge! Nur nicht verzweifeln. 10 % der Bevölkerung. Der Logik nach muss es also auch welche in deiner Nähe geben. :-) Es sei denn, du lebst in einem Ort mit nur zehn Menschen (was echt übel wäre).

butchblue

Meine Eltern haben erst mal einen auf cool gemacht – aber als ich mit meiner ersten Freundin ankam, war die Hölle los. Die hatten nicht geglaubt, dass es mir ernst ist. Dachten wohl, es wär nur eine Phase … Bin dann zu einer Tante geflüchtet. Die ist echt cool. Ich würd vor einem Coming-out immer dazu raten, einen Back-up-Plan festzuklopfen. Man weiß nie, wie's kommt.

Flaschenkuss

Kurz bevor ich auf *Veröffentlichen* klicke, zucke ich zurück. Gerade noch rechtzeitig. Diesen Post darf ich nicht öffentlich machen. Auch wenn ich den Blog gerade deswegen angefangen habe. Aber hier geht es eben nicht nur um mich.

Trotzdem kann ich das Aufflackern der Enttäuschung in mir spüren, während ich den neuen Beitrag in den Privat-Ordner verschiebe.

Der erste Kuss

Hallo, ihr da draußen –

ja, es ist passiert! Was ich vor Wochen noch für unmöglich gehalten hab, ist eingetroffen ... Bis zu dem Abend bei Dante hab ich Inken für ein richtiges Sonntagskind gehalten.
Ich hasse Sonntagskinder.
Definition Sonntagskind, das: *Beim Sonntagskind ist alles immer eitel Sonnenschein, nie hat es auch nur einen Hauch von Drama erlebt, keinerlei Tragik im Leben, keine Enttäuschungen. In der Regel blond und gut aussehend. Es kennt*

ausschließlich das Tausend-Watt-Lächeln, das ihm einfach alles erlaubt. Vollständig traumalos. Zu 100 % uninteressant. Langweilig.

Aber ein Kuss kann die Perspektive komplett verändern. Auch wenn's nur einer vom Flaschendrehen ist. Wer hatte eigentlich die Idee dazu? Keine Ahnung mehr. Ist auch nicht wichtig. Entscheidender als der Flaschendrehkuss war der zweite ... oh Mann! Nee, Frau.

Ich muss nicht weiterlesen, um den Abend wieder vor mir zu haben, um den Kuss zu spüren, die Nervosität davor ... Ich sehe, wie die dämliche Flasche sich dreht. Alle Blicke hängen an dem kreiselnden grünen Ding, das über den Holzboden rauscht. Ich wette, Dante hofft, sie wird endlich mal auf ihn zeigen. Dabei ist er achtzehn und wirklich zu alt für diesen Mist. Das bin ich ja schon, und ich bin zwei Jahre jünger. Und trotzdem hocken wir hier. Wahrscheinlich langweilt Dante sich mit all uns Jüngeren zu Tode. Tja, selbst schuld, wenn man durchs Abi rasselt.

Zum Glück sind Tim und Sophia weit weg. Schon die Vorstellung, mein großer Bruder und seine Freundin könnten mich bei diesem kindischen Spiel beobachten, ist gruselig. Es gibt Grenzen, echt. Zum ersten Mal bin ich froh, dass die beiden zu ihrem Europatrip aufgebrochen sind. Ohne Plan rumreisen, bevor sie sich entscheiden, was als Nächstes kommt. Dabei könnte ich ihnen das jetzt schon ganz genau sagen: Sophia wird an die Uni gehen (Literatur, aus Gefühlsduselei für ihre Fanfiction-Leidenschaft, und Sprachen, jede Wette, Griechisch und Türkisch, um ihren Wurzeln gerecht zu werden), und mein Bruder wird sich für eine Tischlerlehre entscheiden. Der Intellektuellenkram ist nichts für den. Pops wird kurz rumzetern, bis er zugeben kann, dass er sich eigentlich geschmeichelt fühlt, weil sein Sohn in seine Fußstapfen tritt. Und ich kann mir mit all dem noch Zeit lassen. Wie diese dämliche Flasche, die nicht aufhört, im Kreis zu trudeln.

Sie wird langsamer, zeigt auf Dante, der sich selbst die Daumen drückt, Philipp, der die Unterlippe vorschiebt und versucht, desinteressiert auszusehen – erfolglos –, Jana, die kichert und Philipp mit dem Ellbogen anstößt, Rina, die zwar die Augen verdreht, dann aber doch wieder zu Dante rüberschielt, Inken, die ihre goldenen Armreife mit den grünen Steinen nervös ums Handgelenk dreht.

Die Flasche stoppt, und ich wünschte mir, sie würde weiterkreiseln. Sie zeigt auf mich. Und Inkens Gesichtsausdruck sagt deutlich, dass sie lieber einen Frosch küssen würde. Tja, Pech gehabt, Inken, die Flasche hat gewählt, du musst das lesbische Mädchen küssen.

Ihre Augen sind so dunkelgrün wie die Steine ihrer

Armreife. Sie steht auf und verschränkt die Arme. »Ohne Zunge.«

Was bildet die sich denn ein? Als ob ich jedem Mädchen gleich die Zunge in den Hals stecken würde. Schweigend erhebe ich mich. Nur vier Schritte trennen uns. Ich mache zwei davon. Sie ist dran. Inken streicht sich eine blonde Strähne hinters Ohr und verschränkt die Arme wieder. Die Armreife klirren sachte gegeneinander. Ihr dunkelblauer Rock schwingt beim Gehen. Die Absätze klicken auf dem Holzboden. Klick. Klick. Klick. Der Rocksaum streift mein Schienbein. Eine weiche Berührung, die so gar nicht zu dem harten Blick ihrer grünen Augen passt. Ihr Atem berührt meine Haut. Noch viel sanfter als der Rocksaum. Shit. Gleich werde ich zum ersten Mal ein Mädchen küssen. Bestimmt sind meine Lippen zu trocken. Mein Herz rast. Warum eigentlich? Ich mag keine Blondinen. Deswegen färb ich mir die Haare, dann gefällt mir auch mein Spiegelbild. Eine von uns muss jetzt den Anfang machen, sonst wird's peinlich. Es ist nur ein Flaschendrehkuss. Reg dich ab. Ich schlucke. Hoffentlich hat sie das nicht mitbekommen.

Lippen an meinen Lippen. Ein kurzer Druck. Ich blinzele und sehe nur noch, wie sie weggeht; die langen blonden Haare schwingen im Takt zum Rock. Sie schnappt sich die Jacke von der Garderobe, zieht sie nicht mal an, bevor sie die Tür aufreißt und verschwindet.

Philipp pfeift ihr hinterher, und Jana stößt ihm den Ellbogen zwischen die Rippen. Er hält sich die Seite, lässt sich theatralisch nach hinten fallen. »Ich sterbe.«

»Blödmann.« Jana lacht und zupft an seiner zu weiten Hose, bis er sich wieder aufsetzt. Er grinst, zerstrubbelt sich die ohnehin schon zerstrubbelten Haare noch mehr und beugt sich zu Jana rüber, als wollte er sie küssen.

»He! Immer langsam.« Sie schubst ihn zurück und deutet mit einem langen türkisen Fingernagel auf die ruhende Flasche.

Ich will hier weg. Aber ich kann jetzt nicht auch rausstürmen. Warum hat Inken das gemacht? Der Kuss war nun wirklich kein weltbewegendes Ereignis. Kein Erdbeben. Keine plötzliche Hitze oder Schwindelgefühle. Nur Lippen an Lippen und Atem, der über Wangen strich, noch einen Moment länger, als die Lippen auf meinen verharrten.

Vielleicht hat sie Angst, ich wäre ansteckend. Aber dann hätte sie sich gleich ganz geweigert. Oder?

Ich schaffe es mit drei Schritten aus dem Kreis, murmele was von blödem Kinderkram und zieh mich aufs Sofa zurück. Die anderen lassen mich in Ruhe. Nur Rina blickt kurz rüber, fragt stumm, ob alles okay ist. Ich nicke. Klar. Ist ja nichts passiert. Rina zieht die Ärmel ihrer roten Bluse runter, die mit ihren rot gefärbten Haaren um die Wette leuchtet, schnappt sich die Flasche und setzt sie wieder in Schwung. Bestimmt hofft sie, dass die Flasche bei Dante stoppt. Nur wegen dem hat sie sich die Haare rot gefärbt. Als würde der sich in sie verknallen, nur weil sie jetzt ebenso ein Rotschopf ist wie er. Schwarz hat ihr viel besser gestanden. Aber Verliebtsein macht offenbar dämlich – jedenfalls sorgt es dafür, nicht mehr auf den guten Rat der besten Freundin zu hören.

Draußen gehen die Straßenlaternen an. Inken lehnt an einem Baum auf der anderen Straßenseite. Sie hat eine Hand auf ihren Mund gelegt, starrt auf den Boden. Bestimmt weiß sie nicht, dass ich sie sehen kann. Will sie sich den Kuss abwischen? Aber die Hand bleibt ganz still auf ihren Lippen liegen. Ich bohre die Finger in ein Sofakissen. An meinem Handgelenk klirrt nichts, die Freundschaftsarmbänder und die mit den rosa Perlen rutschen geräuschlos übereinander.

Es ist nur ein Flaschendrehkuss gewesen. Eine kurze Berührung, ohne jede Bedeutung. Aber ich spüre sie noch an meinen Lippen. Und das Gefühl wird intensiver, je länger ich da raus zu Inken blicke. Die ist genauso regungslos wie ich. Wenn ich mich nicht bald bewege, erstarre ich und werde für immer auf diesem Sofa hocken müssen. *Skulptur mit Kissen* werden Dante und seine Eltern mich dann künftigen Gästen vorstellen. Haben Inkens Lippen eine versteinernde Wirkung? Ist sie deswegen so schnell abgehauen?

Meine Lippen scheinen dieselbe Wirkung zu haben, denn Inken hat sich immer noch nicht gerührt oder auch nur die Hand vom Mund genommen. Ich wackele mit den Zehen, nur um mir zu beweisen, dass ich nicht aus Stein bin. Draußen rumpelt ein Auto im Schleichtempo über die Pflastersteine und versperrt mir den Blick. Jetzt oder nie.

Die anderen schauen nicht mal hoch, als ich mich verabschiede. Rina ist die Einzige, die kurz winkt, aber auch sie hat nur Augen für die kreiselnde Flasche. Die Tür klappt hinter mir zu. Das Auto ist weg. Inken ist noch da. Ich weiß genau, was ich tun will. Ich weiß nur nicht, ob ich den Mut dazu habe. Noch kann ich jederzeit umdrehen, denn Inken sieht mich nicht kommen. Sie hebt den Kopf erst, als ich vor ihr stehe.

Jetzt. Nie. Jetzt. Nie. Jetzt. Nie.

Jetzt.

Vorsichtig ziehe ich ihre Hand von den Lippen weg. Sie lässt mich. Ihre Finger sind kalt, obwohl der Abend warm ist. Sommerausklangwarm. Wir biegen die Finger umeinander und sagen kein Wort. Auch ihre Lippen sind kalt. Aber in ihrem Mund ist es warm. Heiß. Ich drücke mich an sie, und sie legt die Arme um mich, ohne unsere miteinander verschränkten Hände loszulassen.

Würde sie mich nicht festhalten, würde ich umkippen. Oder wegfliegen. Ich bin mir sicher, dass unsere Köpfe irgendwo zwischen Wolken stecken. Der Wind rauscht in meinen Ohren und presst mich fester gegen Inken. Genau hier will ich bleiben.

Mein Herz pocht bis runter in meine Zehen. Wenn sie mich so küsst, wird sie auch Hand in Hand mit mir durch die Straßen laufen. Wenn sie mich so küsst, wird sie auch Hand in Hand mit mir durch die Schule laufen. Wenn sie mich so küsst, werden wir gegen alle anlachen können, die noch tuscheln oder blöd gucken. Wenn wir uns weiter so küssen, kriege ich keine Luft mehr.

Sie atmet genauso laut wie ich, als ich mich langsam von ihren Lippen löse. Meine Stirn lehnt an ihrer. Ihre Haare kitzeln meine Wangen und hüllen unsere Gesichter ein. Nur unsere Münder berühren sich nicht mehr.

Inken sagt irgendwas und schiebt mich ein Stück von sich weg.

»Was?« Meine Lippen kribbeln noch von dem Kuss, und mein Gehirn hat Schwierigkeiten, ihren Worten hinterherzukommen. Ich hab sie gehört, aber ich muss sie ein paarmal still wiederholen, bis ich sie begreife.

Das darf nie jemand erfahren.

Mein Kopf knallt aus den Wolken aufs Pflaster.

Ihr Herz rast. Aus dem Halbdunkel kommen Schatten auf sie zu, wo keine sein können. Ihr Atem ist so stockend wie Schluckauf. Die Schatten kommen näher. Geräuschlos. Die Geräusche sind nur in ihrem Kopf. Sie prügeln auf sie ein. Sie krümmt sich zusammen. Alles ist Schmerz. Licht. Sie will Licht, weil Licht sie retten würde. Licht würde das Halbdunkel vertreiben. Die Schatten mit ihm. Sie kann sich nicht rühren, nicht mal den Arm ausstrecken. Ihr keuchender Atem zieht die Schatten an. Näher und näher. Ihre Angst hält sie fest. Sie keucht und starrt und starrt auf die Schatten. Sie starren zurück. Bis es in dem Spalt zwischen den Vorhängen heller wird.

Montage

Montage sind an sich schon schlimm genug – aber ein Montag, an dem eine die Frau, die man zwei Tage zuvor geküsst hat, komplett ignoriert, fügt *schlimm* noch eine ganz neue Note hinzu: grausam. Und von all dem darf ich mir nichts anmerken lassen. Auch nicht, als Rina mich anstößt und damit aufzieht, ich hätte ja gar nicht über meinen ersten Kuss gebloggt. Ich schaffe es gerade so, die Schrecksekunde mit einem Augenverdrehen zu überspielen. »War nur ein Flaschendrehkuss, der zählt nicht.«

Philipp schlendert zur Tür rein, wie immer mit Cargohosen, die drohen, jede Sekunde von seiner Hüfte zu rutschen und mehr preiszugeben, als irgendjemand sehen möchte. Er bleibt an Inkens Tisch stehen. »Na, heute schon ein Mädchen geküsst?«

»Spinnst wohl.« Sie lacht. Lacht! Aber schwingt da nicht eine kleine Unsicherheit mit?

Rina schüttelt den Kopf. »Du bist so blöd, Philipp.«

Ich kann nicht anders, ich stimme ihr zu.

»Jetzt seid nicht so verklemmt!« Philipp schlendert an uns vorbei. »Nehmt's locker, man wird ja wohl noch einen Witz machen dürfen.« Weitere Kommentare schneidet das Stundenklingeln ab.

Jana, die hinter Philipp sitzt, verpasst ihm eine Kopfnuss. Er tut schwer verletzt und kippt mit seinem Stuhl nach hinten. Jana und er stecken die Köpfe zusammen. Was findet die an dem?

Herr Wilkes lässt seine Tasche aufs Lehrerpult fallen, und Philipp setzt sich wieder gerade hin.

Wie schaffen Lehrer es, trotz Montagmorgen frisch und dynamisch auszusehen? Und wer hat sich das ausgedacht, die Woche ausgerechnet mit Mathe zu beginnen? Da hilft es auch nicht, dass Herr Wilkes uns mit einem strahlenden Lächeln in der elften Klasse willkommen heißt.

Inken sitzt zwei Reihen vor mir. Ihre blonden Haare fallen über eine grüne Bluse. Die ist überhaupt nicht mein Typ. Ich steh nicht auf Blond. Und schon gar nicht auf Ignoriertwerden. Inken streicht sich die Haare über eine Schulter, und ich weiß noch genau, wie sich ihre Finger an meinen angefühlt haben. Denk an was anderes! Nicht an ihre Lippen. Das ist nicht hilfreich. Kann man sich von einem Moment auf den anderen verlieben? Nur wegen einem Kuss?

Weiter vorne quietscht Kreide über die Tafel, und ich kann endlich was anderes tun, als auf Inkens Rücken zu starren. Kaum zu glauben, aber ich bin dankbar für Matheaufgaben. Vielleicht werde ich ja dieses Jahr zur Streberin. Vielleicht kann ich Inken und den Kuss auch einfach vergessen. Vielleicht hab ich mir alles nur eingebildet und in Wirklichkeit die ganze Zeit bei Dante auf dem Sofa gesessen.

Na klar.

Inken scheint mit dem Vergessen kein Problem zu haben. Wie macht sie das? Wenn ich ihr Geheimnis kennen würde, wär's leichter. Statt weiter die Matheaufgaben von der Tafel abzuschreiben, verziere ich die Zahlen auf dem Papier vor mir, schmücke sie zu Fantasiewesen aus, die wesentlich interessanter sind als jede Formel. Leider sieht Herr Wilkes das nicht so.

»Hübsche Zeichnung, Valeska, aber die Aufgabe lösen Sie damit nicht. Lassen Sie uns das doch mal gemeinsam an der Tafel versuchen.« Er tippt mit den Fingerspitzen zweimal auf meinen Tisch und schaut sich nicht um, ob ich seiner Aufforderung Folge leiste, als er zurück nach vorn geht.

Ich bin so was von geliefert. Da helfen auch all die mitleidigen Blicke nicht. Und mein schlurfender Schritt zögert das Unvermeidliche zwar hinaus, wird es aber nicht verhindern. Ich weiß, es gibt eine Formel zur Lösung dieser Gleichung. Aber die Formel hat sich irgendwo in den Untiefen meines Gehirns versteckt. Vermutlich in Zellen, die ich nie nutze und die just in diesem Moment auch noch einfrieren, weil ich an Inken vorbeimuss.

Ein Reißen, ein leises Rascheln, Finger, die meine

streifen, und ein Papierknäuel, das ich gerade noch so festhalte, bevor es mir vor Überraschung entgleitet. Ich kann nicht anders, ich schaue zu Inken. Aber die starrt auf das karierte Papier vor sich. Dem fehlt eine Ecke. Eine große Ecke. Vermutlich halte ich genau die in der Hand.

Ein Räuspern von vorne. »Heute noch, Valeska.«

Ich schließe das Papierknäuel in meiner Faust ein. Die Berührung unserer Finger war so flüchtig, dass sie bestimmt niemand mitbekommen hat, aber mir ist, als würden meine Fingerkuppen davon leuchten. Ich muss sofort wissen, was auf dem Zettel steht! Am liebsten würde ich umdrehen und mich wieder hinsetzen – oder einfach weitergehen, zur Tür rausspazieren und draußen auf dem Flur sofort das Knäuel entfalten. Lesen. Stattdessen muss ich mir die Kreide greifen und werde elend lang hier an der Tafel festhängen. Ich reibe mit dem Daumennagel über das Kreidestück und hab keine Ahnung, was ich schreiben soll. Trockener weißer Kreidestaub rieselt auf meine Hand. In meinem Rücken schweigt alles. Ich könnte lauter Fragezeichen an die Tafel malen. Kommt bestimmt nicht gut. Langsam hebe ich die Hand, als würden gleich Zahlen und Zeichen aus mir herausströmen – ein winziger Zeitgewinn. Vor allem aber schirmt mich jetzt mein Rücken vom Lehrerblick ab. Der Zettel lässt sich auch einhändig auffalten.

»Wenn Sie Hilfe brauchen …« Herr Wilkes verstummt, weil ich anfange zu schreiben. Weil die Formel auf dem Zettel steht. Aber die ist gar nicht das Wichtigste. Das sind die Worte darunter.

Treffen wir uns nach der Schule? Im Tiergarten, bei der Amazone?

Natürlich verrechne ich mich, mehrmals, weil mein Kopf von den Worten voll ist und Zahlen keinen Platz dadrin haben. Meine Lippen prickeln. Ob wir uns wieder küssen? Mir ist egal, wie windschief meine Schrift an der Tafel ist. Alles in mir pocht so laut, dass ich nicht höre, was Herr Wilkes sagt, aber das Nicken sehe ich. Die Erleichterung geht in all dem Pochen völlig unter. Ich knülle den Zettel wieder zusammen, schließe meine Finger darum. Als ich auf Inkens Höhe bin, nicke ich kurz, ohne sie anzusehen. Als wären wir Spione, die sich unbemerkt zu einer Übergabe von hochgefährlichen Dokumenten verabreden würden. Hoffentlich sieht sie's. Bestimmt. Sie hat die Geheimniskrämerei angefangen, da wird sie ja wohl auf eine Reaktion von mir achten. Den Zettel schiebe ich in meine Jeanstasche. Er ist mein Beweis, dass da was passiert ist zwischen uns. Den geb ich nicht mehr her.

Blätterhöhle

Die Steinamazone sitzt hoch auf ihrem Ross, und Inken lehnt in ihrem Schatten am Sockel. Sogar der Verkehrslärm scheint gedämpft, als ich mich neben sie an den Stein lehne. Unsere Schultern berühren sich. Unsere Blicke sind auf den Park gerichtet. Mein Nacken ist ebenso starr wie der Stein hinter uns. Mein Atem entzieht sich meinem Willen, geht mal schnell, mal langsam, stockt und ist viel zu laut, wenn er wieder einsetzt. So laut, dass ich Inkens Atem nicht hören kann. Wenn sie wenigstens was sagen würde! Aber vielleicht redet sie schon die ganze Zeit, und mein Atem übertönt die Worte?

Der Schatten ist schon kühl genug, um darin zu frösteln. Das leichte Zittern löst meine Nackenstarre, und ich blicke kurz zu Inken. Ihr Mund ist geschlossen, also hab ich vielleicht nichts verpasst. Erwartet sie, dass ich anfange? Aber sie wollte sich hier treffen. Sie hat was zu erklären! Ich rücke ein Stückchen von ihren Schultern weg. »Wieso sind wir hier?« Es kommt harscher raus, als ich geplant hab. Die Worte hängen wie ein leichter Frost zwischen uns.

Inken rührt sich nicht. »Wegen dem – also, was ich gesagt hab nach …«

Sie verstummt einfach, kann es nicht mal aussprechen: *nach unserem Kuss.* Ich schließe die Augen. Krieg dich ein. Vielleicht bin ich die Erste, für die sie so was empfindet. Und ich weiß, wie verwirrend das sein kann. Das würde auch erklären, warum sie mich erst küsst und dann verleugnet. Vorsichtig stupse ich ihren Handrücken mit meinem an. »Nach dem Abend bei Dante?« Lieber würde ich das mit dem Kuss sagen, aber ich will sie nicht verschrecken.

Inken hakt den Zeigefinger um meinen. »Ich kenn dich ja kaum. Das hat mich – überrumpelt.«

Soll heißen? Ich presse die Lippen zusammen, damit meine Frage nicht rausplatzt. Und es stimmt, wir kennen uns kaum. Ich hab sie, seit sie letztes Jahr zu uns in die Klasse gekommen ist, größtenteils ignoriert, als angepasste Streberin eingestuft und somit als uninteressant abgestempelt. Sie hat sich von mir ferngehalten. Wir kennen uns kaum. Aber wir haben uns geküsst. Und wie! Das muss doch auch zählen. Ich krümme meinen Finger enger um ihren. »Mich auch«, gebe ich zu.

»Aber du hast doch bestimmt vorher schon mal ...« Wieder spricht sie es nicht aus.

»Nein.« Ich streichele mit dem Daumen über ihren Zeigefinger. Sie zuckt nicht zurück. »Gewollt schon.« Ich schlucke. »Aber das war immer einseitig.« Und hat in Peinlichkeiten geendet. Was ich lieber für mich behalte. Auch dass Rina mir mal angeboten hat, wir könnten uns küssen, damit ich weiß, wie das ist mit einem Mädchen, sage ich nicht. Ich hab abgelehnt. Ich meine, ohne Verliebtsein fühlt Küssen sich garantiert anders an als mit. Also wäre das Experiment sinnlos gewesen. Ich glaub, Rina war ein ganz klein bisschen enttäuscht, als ich Nein gesagt hab. Aber sie hat nur mit den Schultern gezuckt und nie wieder drüber gesprochen.

Inken fängt meinen Daumen ein. Ist ein bisschen unbequem, wie unsere Zeigefinger und Daumen miteinander verknotet sind. Aber wir berühren uns, und ich werde bestimmt nichts tun, was daran was ändern könnte. Sie auch nicht, wie es scheint. Ich weiß nicht, woher ich den Mut für meine nächsten Worte nehmen soll. Also greife ich auf den üblichen Notfallplan zurück: schneller reden als denken.

»Ich würd dich gern wieder küssen.«

Inkens Finger verkrampfen sich. Ihre Armreife klirren. Sie sagt nichts. Verdammt, warum sagt sie nichts? Sie lässt mich nicht los. Sie stößt mich nicht weg, rennt nicht fort. Aber sie bleibt stumm. Auch als sie mich von dem Steinsockel wegzieht, sagt sie nichts. Ich folge ihr wortlos. Mit zwei Schritten hab ich sie eingeholt. Wir gehen stumm nebeneinander, und sie bestimmt die Richtung. Ich spüre jeden Kiesel unter den dünnen Sohlen meiner Sandalen, die Grashalme kitzeln meine nackten

Füße, als wir den Weg verlassen und quer über die Wiese laufen. Ein paar Leute liegen auf Decken in der Nachmittagssonne, genießen die spätsommerliche Wärme. Pärchen halten sich eng umschlungen. Ein Kind rennt kreischend einem Ball nach. Inken zieht uns von all dem weg. Sie lässt mich los und zwängt sich zwischen zwei Büschen durch.

Wieder folge ich ihr. Überall um uns rum ist Grün. Wir sind in einer Blätterhöhle, durch deren Dach einzelne Sonnenstrahlen einfallen, Licht- und Schattenspiele auf den Grasboden zeichnen. Sonnenlicht streift Inkens Wange, Inkens Lippen. »Okay«, sagt sie.

Die Sonnenflecken dringen in meine Haut ein und führen einen wilden Tanz auf. Sie machen meine Schritte flattrig und kitzeln meine Haut von innen. Durch unsere Blätterhöhle streicht ein Wind, so leicht wie die erste Berührung unserer Lippen. Und während die Blätter weiter leise rauschen, wird unser Kuss zum Sturm. Ich bin mir sicher, dass alle Blätter von den Zweigen gerissen sind, als ich mich von Inken löse, um Luft zu holen. Aber das Sonnenlicht tanzt und flimmert weiter im Grün, und der Sturm war nur zwischen uns. Irgendwie komme ich mir betrogen vor.

Inken streckt sich rücklings auf dem Gras aus. Sie grinst zu mir hoch. Das Funkeln in ihren Augen vertreibt meine leichte Melancholie, und ich lasse mich neben ihr nieder, strecke mich lang auf der Seite aus, drücke mich an sie. Ihre Hüfte ist knochig. Ich wüsste gern, ob die Haut an ihrem Bauch genauso weich ist wie die an ihren Armen, da, wo sie so zart ist, in den Beugen der Ellbogen. Aber ich trau mich nicht, eine Hand unter ihre Bluse zu schieben.

»Das kitzelt.« Inken greift nach meiner Hand, drückt sie gegen ihren Arm. Sie streicht durch meine Haare. »War das wirklich dein erster Kuss?«

»Mein zweiter.« Ich kann nicht anders, als sie zu korrigieren, und sie verdreht die Augen. Bestimmt bin ich knallrot angelaufen. Wenn sie so fragt, dann war es bestimmt nicht ihr erster. Dann hat sie mehr Erfahrung. Oder? Hoffentlich hab ich mich nicht total blamiert.

Inken lässt meine Hand los und streichelt meinen Arm hoch bis zur Schulter. Gänsehaut folgt der Berührung ihrer Fingerkuppen. Inken zieht mich näher zu sich. »Dann ist das jetzt der dritte.«

Die Frage, der wievielte das für sie ist, bekomme ich nicht mehr über die Lippen, sie wird von ihrem Mund an meinem gestoppt und wird unwichtig, weil das Streicheln ihrer Zunge viel besser ist als Worte. Ich hab nicht gewusst, dass Atemlosigkeit sich so gut anfühlen kann. Hier will ich bleiben. Genau hier will ich mein neues Zuhause aufschlagen. Mich einrichten und nie wieder weggehen.

Jahre könnten vergangen sein oder auch nur ein Augenblick, als Inken sich von mir löst und lachend nach Luft schnappt. Ich will ihre Lippen zurück, fange sie wieder ein. »Atmen wird überbewertet.« Ich drücke mich an sie.

»Ist aber lebensnotwendig«, murmelt sie gegen meinen Mund, lässt die Worte über meine Zunge laufen.

Nummer vier, schießt es mir durch den Kopf. Lachen gluckst in mir hoch. Es verfängt sich in unseren Mundhöhlen und lässt unsere Lippen beben. Inken schiebt mich weg. »Was ist so lustig?«, will sie wissen.

»Die Kuss-Strichliste in meinem Kopf.« Ich muss weggucken. Laut ausgesprochen, klingt das nur noch kindisch.

Aber Inken kichert. »Mal sehen, wie lange du die auf Stand halten kannst.« Ihr Atem streicht über mein Ohr, meine Wange und landet wieder an meinem Mund. Ich fange ihn ein.

»Iiiiiiiiiieh, die küssen sich! Mit Spucke!«

Wir schnellen auseinander, als hätte jemand einen Eiskübel über uns gekippt. Ein kleines Mädchen steht in unserer Blätterhöhle. Sie hat das Gesicht verzogen und schüttelt sich. Ich will lachen, weil sie später bestimmt ganz anders übers Küssen denken wird. Aber ich kann nicht, weil ich Inken anschaue und Inken beide Hände vor den Mund geschlagen hat, als wolle sie jeden einzelnen Kuss zurücknehmen. Sie springt auf und dreht sich von mir weg.

»Mia-Luna, komm aus diesem Gebüsch raus!« Die Mutterstimme klingt hoch und angestrengt. »Aber sofort!«

Mia-Luna streckt mir die Zunge raus und ist mit einem lauten Rascheln verschwunden. Ich höre nur noch die Mutterstimme, die mit ihr schimpft, sie dürfe nicht einfach so weglaufen und ins Gebüsch kriechen, da drin könnte schließlich wer weiß was lauern. Mia-Lunas Antwort höre ich schon nicht mehr. Offenbar hat ihre Mutter sie schnell von dem gefährlichen Gebüsch weggezerrt.

Eigentlich will ich immer noch über die ganze Sache lachen. Dieses Gesicht! Und wer bitte nennt sein Kind Mia-Luna? Aber Inken wendet mir noch immer den Rücken zu. Sie zuckt zusammen, als ich ihr eine Hand auf die Schulter lege. Sie dreht sich nicht um.

»Wir sollten gehen.«

Tausend Fragen prallen in meinem Kopf aufeinander. Ich bekomme keine davon lange genug zu fassen, um sie auszusprechen. Inken lässt mir auch keine Chance dazu. »Gib mir ein bisschen Vorsprung.« Sie flüstert. Vielleicht hat sie auch noch die Hände vor dem Mund und klingt deshalb so gedämpft. »Erzähl das niemandem. Bitte.« Wieder raschelt es. Sie ist verschwunden, einfach so.

Ich blinzele. Da sind nur noch die zitternden Blätter, wo eben noch Inken war. Ich will ihr nachstürmen und eine Erklärung verlangen, aber ich kann mich nicht rühren. Ist das wirklich passiert?

Sie reißt sich von den Fingern los, die sich um ihr Handgelenk schließen. Sie geht schneller. Die Schritte hinter ihr verstummen nicht. Der Kies knirscht unter den Schuhsohlen. In ihren Ohren dröhnt ihr Pulsschlag. Da ist kein Ausweg. Sie darf nicht rennen. Sie darf nicht auffallen. Vielleicht kann sie dann entkommen. Vielleicht kann sie in der schwatzenden, lachenden Menge verschwinden. Doch wohin sie sich auch wendet, alle weichen vor ihr zurück. Sie bleibt allein. Ein Fluchttier im Scheinwerferlicht.

Nach dem Sturm

»Wo hast du dich denn rumgetrieben?« Pops steht in der Diele, kaum dass ich die Tür aufgeschlossen hab. Er tippt auf seine Uhr. »Was haben wir vereinbart?«

Dass ich anrufe, wenn ich nach der Schule noch was anderes vorhabe. Ich weiß. »Hab's vergessen. Sorry.« Der zerknirschte Gesichtsausdruck fällt mir leicht. Pops muss ja nicht erfahren, was der Grund dafür ist. Von Inken war natürlich schon lange nichts mehr zu sehen, als ich mich endlich aus dem Gebüsch rühren konnte. Und ich hab nicht mal eine blöde Handynummer von ihr! Vielleicht hab ich wenigstens ihre E-Mail-Adresse. Irgendwer hat doch bestimmt mal eine Klassenliste rumgeschickt, ich muss sie nur finden. Ich werde sie finden. Vorausgesetzt, Pops lässt mich durch.

»Was war denn so wichtig?« Pops macht keinerlei Anstalten, die Diele zu räumen. Der Weg nach oben in mein Zimmer ist versperrt. Außerdem wird er jetzt bestimmt darauf bestehen, dass wir das versäumte gemeinsame Mittagessen nachholen. Das hat man davon, wenn der Vater seine Werkstatt gleich nebenan hat. Gleich wird er mir einen Vortrag darüber halten, wie wichtig ein geregelter Tagesablauf ist. Hektisch suche ich nach der richtigen Antwort. Also der, die Pops gelten lassen wird. In meinem Kopf ist ein einziges Geflirre von Blättern zwischen Sonnenlicht und Schatten, zwischen Berührungen und Flucht. »Ich bin mit Rina noch was für unser Bio-Referat durchgegangen.« Na bitte. Geht doch.

Pops verschränkt die Arme und schüttelt den Kopf. »Und warum hat Rina dann vor über einer Stunde hier angerufen und nach dir gefragt?«

Vage erinnere ich mich an das Vibrieren in meiner Hosentasche. Das ich ignoriert hab. Weil ich da noch viel Schöneres zu tun hatte, als mein Handy zu checken. Und weil ich sonst immer – immer – antworte, hat Rina bei uns zu Hause angerufen. »Weiß nicht …?« Die Worte rutschen mir einfach so raus. Klar ergeben sie keinen Sinn. Ich wünsche mir, die Sonnenflecken, die vorhin in mir ihr Tänzchen aufgeführt haben, könnten mich durch die Luft schweben lassen und auf der Treppe absetzen. Dann könnte ich nach oben in mein Zimmer flüchten. Die Tür schließen. Alle Fragen ignorieren. Oder ich könnte die Wahrheit sagen. Die will mir sowieso über die Zunge.

Aber sie darf nicht. *Bitte*, hat Inken gesagt und dabei geklungen, als würde ihr Leben davon abhängen. Und auch wenn sie mich einfach so hat stehen lassen, kann ich sie nicht verraten. Erst muss ich wissen, warum.

»Bin nur noch so rumgelaufen.« Meine Ausreden waren auch schon mal besser. Ich versuche es mit einem

Lächeln. »Tut mir leid. Nächstes Mal denk ich wieder dran, anzurufen.«

Pops nickt gnädig. »Aber wirklich.« Er seufzt. »Essen steht in der Küche. Ich muss los, die Möbel bauen sich leider nicht von allein.«

Dafür bin ich ihnen dankbar, denn so entkomme ich nicht nur weiteren Fragen, sondern auch dem Vortrag über die Wichtigkeit von festen Zeiten und Verabredungen. Nur weil Pops das gerade für sich entdeckt hat, muss das ja nicht für mich gelten. Außerdem hab ich momentan viel wichtigere Dinge zu klären.

An: Inken@clara-schulnet.berlin
Betreff: Tiergarten

So weit, so leicht. Aber was schreib ich jetzt? Verschrecke ich sie, wenn ich zu direkt bin? Warum hab ich Angst, sie zu verschrecken? Sie sollte Angst haben, mich zu verschrecken, mit ihrem Versteckspiel, ihrem Wegrennen! Und ich bin noch da.

Hey,
wollte mich nur mal melden ... und fragen, warum du so schnell weg bist vorhin ...? Genau wie beim ersten Mal – also, ich würde einfach gern wissen, was da los ist. Treffen wir uns noch mal? Oder war

das Ganze für dich nur so eine Art Experiment? Hoffentlich nicht!

Die letzten zwei Worte streiche ich gleich wieder. Falls sie nur rumexperimentiert hat, muss sie ja nicht wissen, was ich hoffe. So viel Blöße will ich mir dann doch nicht geben.

Soll ich dich in der Schule jetzt weiter ignorieren? Oder können wir uns da wenigstens ganz normal begegnen …?
Lass mal von dir hören. Wir sehen uns ja morgen schon wieder …
LG Leska

Ist meine Verabschiedung zu unpersönlich? Aber ich kann ja wohl kaum Herzchen daruntersetzen, nicht, nachdem sie so weggerannt ist! Stattdessen schreib ich noch meine Handynummer drunter. Jetzt aber. Oder soll ich die Anrede ändern?

Hey – das klingt so nichtssagend …

Hallo, Inken? Zu steif.

Liebe Inken? Von Liebe hat noch keine von uns was gesagt … Nicht nachdenken. Abschicken.

Jetzt muss ich nur noch warten.

Ich bin so verdammt schlecht im Warten.

Leska's Life: Mein Leben mit dem Coming-out

Notizen aus der Realität. Aktuelle Haarfarbe: silber & schwarz

5. September

Hallo, ihr da draußen –

was soll ich schreiben? Mein Leben ist so langweilig, dass ich, nur um was zu tun zu haben, mal wieder meine Haare umgefärbt hab. Siehe oben. Und entgegen allen Warnungen fallen sie nicht aus. Das war's auch schon. Sorry, nichts Spannendes zu berichten.
Wie habt ihr den Schulanfang überlebt? Hat von euch wenigstens wer was Schönes/Aufregendes/Verliebtes zu erzählen? Ich brauch dringend was gegen die Langeweile!

Bis zum nächsten Mal –
Eure Leska

KOMMENTARE

Tim
Schulanfang? Was ist das? *grins* Halt durch – beste Grüße aus der Ferne mit Sonne und Meer!

Leska

@Tim: Pass bloß auf, sonst entziehe ich dir alle Großer-Bruder-Privilegien! Wer die Schule hinter sich hat und sich in der Weltgeschichte rumtreibt, sollte sich zurückhalten ... beste Grüße – auch an Sophia. Und lasst mal wieder mehr von euch hören. Ihr habt ja keine Schule! ;-)

RandaleSister

Ein Lichtblick: Wir sehen uns endlich wieder! Also, nicht dass ich finde, die Sommerferien wären zu kurz, aber meine tägliche Dosis beste Freundin hab ich doch sehr vermisst. ;-)
R.

Carla07

Schulanfang = grauenhaft. Alle schwärmen von ihren Sommerflirts, und ich komm mir vor wie eine Aussätzige, weil ich nichts erzählen kann.

butchblue

@Carla07: Weil du nichts zu erzählen hast? Oder weil du's bei denen nicht erzählen kannst? Wenn du erzählen willst: Wir hören dir bestimmt zu! ;-)

outandabout

Leute, wir müssen aufhören, uns ins Hemd zu machen! Die Heten müssen damit konfrontiert werden, dass es da draußen mehr gibt als sie! Wenn wir immer nur mitspielen und brav sind, wird sich nie was ändern. Flagge zeigen!

Schrankflüchtling
Jawoll!! Hisst die Flaggen! Rainbowpower! :-))

butchblue
@outandabout & Schrankflüchtling: Lässt sich leicht sagen, wenn man Unterstützung hat. Was sie wann und wem anvertrauen will, darf ja wohl noch jede selbst entscheiden!
@Carla07: Schreib mir gern eine PN, wenn dir nach Reden ist.

Ausweichmanöver

Keine Antwort. Und Pops ruft schon zum dritten Mal zum Frühstück. Wenn ich jetzt nicht runterkomme, stürmt er mein Zimmer. Vielleicht hat Inken noch nicht in ihre Mails geschaut. Vielleicht will sie nicht antworten. Was will sie dann?

Ist mir egal.

Ich klappe den Laptop zu und mache, dass ich in die Küche komme. Auf Pops' bemüht fröhliches *Guten Morgen, gut geschlafen?* nicke ich nur flüchtig. Meine Gedanken drehen Kreise und sind zu verworren für morgendlichen Small Talk. Vielleicht schreibt sie ja noch. Ich schiele auf mein Handy, und Pops räuspert sich.

Keine Elektronik am Essenstisch. Echte Kommunikation. Oh Mann. Manchmal möchte ich seinen Therapeuten erwürgen. Von Regeln muss es doch auch Ausnahmen geben. Zumindest in Notsituationen, und das hier ist eindeutig eine Notsituation. Auch wenn Pops nichts davon weiß.

»Danke.« Pops lächelt, als ich das Handy in die Hosentasche schiebe.

Ich kippe Milch über mein Müsli. Ich werde sie einfach grüßen, so wie jede andere auch. Wir müssen ja nicht in der Schule knutschen, wenn sie Probleme damit hat. Aber unterhalten werden wir uns ja wohl können! Ich schiebe mein Müsli in der Schale rum und krieg keinen Bissen runter. Wenn die Zeit knapp wäre, dann könnte ich Pops' besorgtem Blick entgehen. Oder wenn ich was essen könnte, dann würde er auch aufhören, so zu gucken, als würde er gleich – und da kommt die Frage auch schon.

»Alles in Ordnung mit dir?«

Ich nicke.

»Du weißt, dass du mit mir reden kannst. Über alles.« Sein Stuhl schabt über den Fliesenboden. »Ja?«

Ich nicke.

Geschirr klappert hell gegen die Spüle, und Pops flucht leise. Wasser plätschert über Metall und Keramik. »Ist was mit … deiner Mutter?«

Früher hat er ihren Namen gesagt. Seit der Scheidung ist sie nur noch *deine Mutter* oder *eure Mutter*, wenn Tim oder Nina dabei sind. Ich schüttele den Kopf und würde mir zu gern vor die Stirn schlagen. Das wäre so eine leichte Ausrede gewesen! Ich hätte sagen können, dass ich heute lieber nicht zu ihr will, dass ich mal einen Dienstag Pause brauche, aber fürchte, sie damit zu verletzen. So was versteht Pops.

Die Pause könnte ich wirklich gut vertragen. »Ist nur ein bisschen anstrengend mit ihr.« Schon ist es mir rausgerutscht, bevor ich die Konsequenzen durchdacht hab.

Denn natürlich will Pops jetzt wissen, wieso. Das wiederum würde er nicht verstehen, also zucke ich nur mit den Schultern.

»Leska.« Er stellt den Wasserhahn ab und dreht sich zu mir um. »Sie braucht nur etwas ...« Jetzt zuckt er mit den Schultern, und sein Blick sagt: Du weißt doch.

Klar. Ich weiche ihm aus. Nur dem Tonfall seines Seufzers entkomme ich nicht. Ich weiß genau, was der sagen will: Ich versteh dich ja, aber hab noch ein bisschen Geduld mit deiner Mutter. Du musst sie auch verstehen. Dabei bringt er selbst kaum Verständnis oder Geduld auf. Eine Tatsache, die er vor mir verbergen will, weil er überzeugt ist, dass eine Tochter nun mal ihre Mutter braucht. Und wie soll ich ihm klarmachen, dass ich eine Mutter nur brauchen kann, wenn sie mich sein lässt, wer ich bin?

»Vergiss es. Wir raufen uns schon zusammen.« Ich lass mein Müsli stehen und flüchte aus der Küche. Lieber komm ich zu früh zur Schule als zwischen meine Eltern. Wenn er so viel Verständnis für sie hat, soll er doch mit ihr essen gehen! Soll er doch mal versuchen, geduldig zu sein, während man nach Gesprächsthemen fischt, die bloß nichts mit dem bösen L-Wort zu tun haben!

Das könnte deine Schwester verstören, lautet jetzt ihr Ausweichargument. Selbst wenn Nina nicht dabei ist. Das Einzige, was Nina verstört, ist, dass wir beide uns immer noch nicht allein treffen dürfen. Eine Zwölfjährige braucht doch auch mal Zeit allein mit ihrer großen Schwester! Aber das will Mom natürlich nicht hören. Und Pops offenbar auch nicht, denn er widerspricht nicht mal Moms neuer Regelung für Treffen mit Nina, die auch für ihn gilt: nur unter mütterlicher Aufsicht.

Draußen zwitschern die Vögel, als wär nichts. Ich lass den Rucksack mit jedem Schritt gegen meine Wirbelsäule knallen, aber ganz egal, wie schnell ich gehe, der missglückte Start in den Morgen lässt sich nicht abschütteln. Vor der Schultreppe stehen die frühen Rauchergrüppchen und vernebeln die ersten Stufen, die ich schnell raufspringe, um dem Qualm zu entkommen.

Rina fängt mich vorm Eingang ab. Sie findet meine neue Haarfarbe *cool, aber ein bisschen düster*. Sie zupft an den schwarzen Strähnen, bis ich den Kopf wegdrehe. »Schwarz-Rot käme bestimmt auch gut.« Den Kommentar kann ich mir nicht verkneifen.

Rina schüttelt den Kopf, dass ihre roten Locken nur so tanzen. »Das mit den Strähnen überlass ich dir. Was war der Anlass?« Sie zieht die Eingangstür auf und winkt mich durch.

Die Versuchung ist da. Wozu hat man schließlich eine beste Freundin, wenn nicht, um ihr alles anzuvertrauen? »Dienstag«, sag ich nur und halte – hoffentlich unauffällig – Ausschau nach Inken. Sie ist weder in der Eingangshalle noch im Treppenhaus, noch im Flur vor unserem Klassenzimmer.

Rina legt eine Hand auf meinen Arm. »Geh einfach nicht zu ihr.«

Mein Herz setzt einen Schlag aus, und ich stolpere über meine eigenen Füße. Woher weiß sie von Inken?

Rina packt fester zu und stützt mich. »Die muss auf dich zugehen, nicht andersrum.«

Der Griff um meinen Ellbogen ist schmerzhaft, und mir wird klar, dass Rina von Mom spricht. Ich fange mich. »Vielleicht.«

»Nicht vielleicht.« Rina drückt meinen Ellbogen. Hart. Fühlt sich an, als würde ihr Griff blaue Flecken hinterlassen. Sie gibt mich frei, aber in ihren Augen funkelt die Wut weiter. »Die muss mal begreifen, wie sehr sie dich verletzt hat – und immer weiter verletzt.«

Ich schlucke. Weil es stimmt, was Rina sagt. Und weil ich ihr sagen will, wer mir wirklich im Kopf rumgeht. Aber dafür muss ich erst mit Inken reden – und die ist auch nicht im Klassenzimmer. Ebenso abwesend ist der übliche Lärm vor Unterrichtsbeginn, was sich schnell erklärt: Herr Ott ist schon da, hat die Ärmel seines Karohemds hochgekrempelt und schreibt irgendwas an die Tafel. Seine Anwesenheit unterbindet auch jedes weitere Gespräch mit Rina, die die Augen verdreht – *überpünktliche Lehrer sind das Letzte!* – und sich bei mir unterhakt. Ich passe mich ihrem extremen Schlendergang zu unserem Tisch an. Wir sind so langsam, dass unser Hinsetzen und das Stundenklingeln zusammenfallen.

Strahlend verkündet Herr Ott, dass an der Tafel die Referatsthemen fürs ganze Halbjahr stehen. Wir sollen Dreiergruppen bilden und unter uns die Themen nach unseren Prioritäten sortieren. »Fünf Punkte für die Themen, die Sie am meisten interessieren, und dann entsprechend absteigend für alle anderen.« Er krempelt die Hemdsärmel wieder runter, schließt sorgfältig die Knöpfe an den Enden. »Diskutieren Sie, argumentieren Sie und finden Sie zu einem gemeinsamen Ergebnis.«

Lieber würde ich meine kreisenden Gedanken auf meinem Blog sortieren, statt in Ethik zu hocken und auf den noch leeren Platz eine Reihe vor mir zu glotzen. Inken ist auch mit dem Klingeln nicht aufgetaucht.

Herr Ott redet und redet. Ich höre erst wieder hin, als er die Stimme hebt. »Also auf, Gruppen bilden«, schmettert er fröhlich in den Raum. Fehlt nur noch, dass er in die Hände klatscht, aber davor bewahrt uns die aufgehende Tür. Herr Ott wendet sein übertriebenes Lächeln Inken zu, die aussieht, als würde sie am liebsten gleich wieder umdrehen. Herr Ott winkt sie rein. »Immer herein – besser spät als nie!«

Inken hastet stumm auf ihren Platz. Sie blickt mich nicht mal an. Um uns rum wird es laut, als die anderen anfangen, sich zusammenzutun. Ich zupfe Rina am Ärmel und deute zu Inken, die etwas hilflos um sich blickt.

»Wenn du meinst.« Rina steht auf und geht zu Inken. Ich folge ihr. Langsam. Feige. Als ich bei den beiden ankomme, hat Rina schon die Lage erklärt und sich an Inkens Tisch gesetzt. Ich zieh mir einen freien Stuhl von einem der Nachbartische ran und setze mich den beiden gegenüber mit dem Rücken zur Tafel. Wenn Inken hochschaut, muss sie mich ansehen. Falls sie jemals in diesem Leben wieder von der Tischplatte hochschaut.

»Na, das passt doch gut.« Herr Ott klingt zufrieden. »Dann legen Sie mal los. In zwanzig Minuten vergleichen wir die Ergebnisse.«

Ich lass Inken nicht aus dem Blick, obwohl ich mir die Themen an der Tafel noch nicht mal durchgelesen hab. Inken späht an mir vorbei nach vorn. Mir geht auf, was für eine blöde Idee das mit dieser Gruppe war. Zu spät. Wenn ich mir was anmerken lasse, spricht Inken bestimmt nie wieder mit mir. Von Küssen mal ganz zu schweigen.

Ich schnapp mir Rinas Block und klau einen Stift aus Inkens Federtasche, was sie kommentarlos geschehen lässt. »Dann sagt mal eure Lieblingsthemen an.« Wenn ich mich zur Sekretärin mache, werden die nächsten zwanzig Minuten vielleicht nicht ganz so lang. Weiter voraus denke ich jetzt lieber nicht.

»Ich find's besser, wenn wir alle erst mal die Themen jede für sich bewerten.« Ein Satz, und schon hat Rina meinen Plan durchkreuzt. »Dann können wir vergleichen und sehen, ob's Überschneidungen gibt.«

»Und wenn's keine gibt?« Inken spricht zum ersten Mal, zumindest zum ersten Mal, seit ich da bin. Sie klingt komplett neutral, sosehr ich mich auch bemühe, irgendwas an Gefühl in ihrer Stimme zu hören.

»Dann haben wir wohl keine gemeinsamen Interessen.« Rina grinst, als hätte sie den besten Witz aller Zeiten gerissen. Ich sollte mitgrinsen. Einfach, weil ich's normalerweise tun würde. Aber ihre Worte haben mich wie kleine spitze Pfeile getroffen. Rina schüttelt den Kopf. »Leute, ihr solltet eure Gesichter sehen ... das sind nur Referatsthemen, keine Todesurteile. Entspannt euch.«

Würde ich ja, wenn ich könnte. Ich würde jetzt auch zu gern zu Inken rüberschauen, sehen, ob sie wirklich genauso erstarrt ist wie ich. Geht aber nicht. Mein Kopf verweigert die Bewegung.

Rina stupst mich an. »Los, verteil mal Zettel, wenn du schon meinen Block in Beschlag nimmst.«

Ich nicke, und das löst ein bisschen was von der Erstarrung. Als ich ein Blatt zu Inken rüberschiebe, riskiere ich einen Blick in ihr Gesicht. Sie schaut zur Tafel und lässt das Ende von ihrem Bleistift gegen ihre Unterlippe wippen. »Da wird sich schon was finden.« Sie senkt den Kopf, sodass ihre langen Haare ihr Gesicht verhüllen, und fängt an zu schreiben.

Hat sie meinen Blick mitbekommen? Hat der Satz mir gegolten? Der blonde Vorhang versperrt mir jede Sicht auf ihre Mimik. »Bestimmt.« Schnell dreh ich mich zur Tafel um. Soll sie über meinen Hinterkopf rätseln, falls sie hochschaut. Ich konzentriere mich aufs Lesen und weiß jetzt schon, was bei Rina die höchste Punktzahl bekommt. Die Antwort auf die Frage, was ist Glück, wird sie auch gleich parat haben – aber Glück hat mehr Aspekte als Verliebtsein, das erwidert wird. Ich hab keine Ahnung, was Inken favorisiert. Was würde sie glücklich machen? Im Moment sieht es so aus, als könnte die Antwort lauten, *verschwinden*, so wie sie sich immer noch hinter ihren Haaren versteckt. Mich allerdings würde das überhaupt nicht glücklich machen. Oh shit. Irgendwie stecke ich da Hals über Kopf in der Sache drin – und das, obwohl wir uns erst zwei Mal allein getroffen haben. Und geküsst haben. Und jedes Mal ist sie abgehauen. Warum?

Nicht starren.

Denk an was anderes.

Rina ist längst fertig mit der Punktevergabe und zeichnet Herzchen aufs Papier. Inken schreibt noch. Mein Papier ist leer. Hastig kritzele ich *A*, *B*, *C*, *D*, *E* darauf. Kann man auch null Punkte vergeben? Mit Religionen kann ich nichts anfangen. Da halte ich es doch lieber mit dem Glück, fünf Punkte, und der Freiheit, vier Punkte. Mit Ethik und Moral dürfen sich von mir aus gerne andere rumschlagen. Oder ist diese Einstellung jetzt unmoralisch? Unethisch? »Fertig.« Ich lass den Stift auf den Tisch klappern. »Hat noch wer fünf Punkte fürs Glück?«

»Ich.« Rina. Wie erwartet. Wir starren beide Inken an. Die schiebt ihren Haarvorhang zu beiden Seiten weg und bekommt kaum die Zähne auseinander beim Sprechen.

»Zu großem Glück ist nicht zu trauen«, murmelt sie. Wenigstens ist es das, was ich höre. Inken tippt mit dem Finger auf die erste beschriebene Zeile von ihrem Papier: A = 5. Ich würde zu gern wissen, was sie die ganze Zeit noch geschrieben hat, aber das verdeckt sie mit ihrer anderen Hand. Hat sie Angst vor dem Glück? Ist sie deswegen jedes Mal weggerannt? Am liebsten würde ich eine Hand ausstrecken und auf ihre legen. Oder wenigstens mit einem optimistischeren Glückszitat kontern. Natürlich fällt mir keins ein.

»Super.« Rina strahlt zwischen Inken und mir hin und her. »Dann sind wir uns ja einig.« Wie üblich lächelt sie mit ihrem Optimismus alle Probleme weg. »Erstes Treffen Freitag bei mir?«

Inken wickelt eine blonde Strähne um ihren linken Zeigefinger. »Wir wissen doch noch gar nicht, ob wir das Thema kriegen.«

»Details.« Rina zuckt mit den Schultern. »Vertrau auf unser Thema – der Glücksfall, dass du zu spät gekommen bist, hat uns drei in einer Gruppe zusammengeführt, wir haben zum Glück alle dem Glück dieselbe Punktzahl gegeben, und aller guten Dinge sind drei, also bekommen wir das Thema auch.«

Ihre Logik hapert gewaltig, aber ihr Grinsen ist ansteckend. Für mich – den Zweifel in Inkens Augen vertreibt es nicht. Ich wüsste zu gern, wie ich das hinbekommen könnte.

In unserer Blätterhöhle haben ihre Augen gefunkelt, hat sie gelacht, aber die Person in meinem Kopf ist kaum mit der mir gegenüber zusammenzubringen. Die Schul-Inken hebt kaum mal den Kopf und malt sich mit dem Kuli Spiralen aufs Handgelenk, während sie die Lippen aufeinanderpresst, bis sie ein schmaler Strich sind. Auch die hab ich ganz und gar anders in Erinnerung. Wenn ich könnte, würde ich uns jetzt zurück in die Blätterhöhle beamen, dann ... Aber weder kann ich das, noch ist mir das Träumen davon vergönnt.

»So.« Herr Ott klatscht in die Hände. »Dann wollen wir uns doch mal die Ergebnisse anschauen.«

Wollen wir das? Wie auch immer, natürlich wird gemacht, was er sagt. Am Ende behält Rina mit ihrer Glücksvoraussage recht, und wir bekommen das Thema zugesprochen. Inken und ich haben kaum drei Worte gewechselt – und so, wie sie sich in der Schule mir gegenüber verhält, rechne ich nicht damit, dass sich das ändert, wenn wir uns zu dritt zu Hause treffen.

Den Schultag über ändert es sich jedenfalls nicht. Meine Laune ist so schlecht, dass ich für den Nachmittag mit Mom das Schlimmste befürchte. Wenn ich könnte, würde ich noch langsamer gehen. Allerdings würde ich dann stehen bleiben müssen, ich schiebe jetzt schon die Füße bei jedem Schritt nur millimeterweise vorwärts. Vielleicht kann ich ja in der U-Bahn die Notbremse ziehen? Jede Menge Ärger garantiert – bestimmt mehr, als die Flucht vor dem Treffen mit Mom wert ist.

Ein Rabenkrächzen lenkt mich von den trüben Betrachtungen ab und entlockt mir ein Lächeln. Sophia hat mir die Aufnahme geschickt, eine kleine Erinnerung an unsere Fanfiction-Schwärmerei von früher – und jetzt mein Klingelton.

Eine Nachricht von einer unbekannten Nummer. Sofort werden meine Hände schwitzig. Mein Körper besteht nur noch aus meinem Herz. Mit jedem Pochen zieht er sich zusammen und dehnt sich wieder aus, lässt meinen Atem stolpern. In meinem Hirn ist nur noch Platz für einen Namen, als gäbe es nur eine Person, die mir unter unbekannter Nummer einen Text senden könnte. Ich klicke auf die Nachricht.

Ich muss dir was erklären. Hast du um vier Zeit? Lilienthalstr. 8, bei Kluge klingeln. OK? Inken

Das macht die Entscheidung leicht und meine Schritte schneller. Als Antwort krieg ich mit meinen schwitzigen Fingern nur zwei Buchstaben hin:

OK

Lilienthalstraße

Das Haus liegt direkt gegenüber einem Friedhof. Eine hohe Backsteinmauer schirmt ihn ab, aber ab dem dritten Stock hat man aus dem Treppenhaus heraus einen guten Blick auf Grabsteine und Kreuze und frisch abgelegte Blumensträuße. Ganz schön morbid, hier zu wohnen. Ob in Wohnungen mit Friedhofsblick wohl mehr Depressive leben? Und verursacht der Friedhofsblick die Depression, oder lockt er die Depressiven an?

Denk an was anderes! Im vierten Stock steht endlich *Kluge* auf dem Klingelschild. Eine Friedhofsblick-Wohnung. Denk an was anderes! Der Klingelton ist so schrill, dass ich schnell den Finger zurückziehe. Das Verstummen des Tons lässt eine Lücke zurück, in der jedes andere Geräusch lauter scheint als vorher: das Zwitschern der Vögel draußen, das Verkehrsrauschen vom Südstern – wenn ich nur intensiv genug lauschen würde, könnte ich bestimmt auch die U-Bahn hören. Aber den Versuch starte ich nicht, denn mich lenken die Schritte aus der Wohnung ab. Jemand geht in Socken über den Flur. Mein Brustkorb hat innen bestimmt schon blaue Flecke, so oft und heftig, wie mein Herz in letzter Zeit dagegenschlägt. Die Tür wird ein Stück weit aufgezogen.

»Komm rein.«

Inken lässt sich nicht blicken, aber ich erkenne ihre Stimme. Ich weiß, wie sie klingt, wenn sie flüstert. Hat sie Angst, dass jemand in der Wohnung sie hört? Wieso hat sie mich dann zu sich eingeladen? Ich zwänge mich durch den Türspalt und stehe ihr gegenüber, als sie schnell die Tür zudrückt. Ich müsste mich nur ein ganz klein wenig nach vorn lehnen, dann könnte ich sie küssen. Ich mache einen Schritt rückwärts. Eine Diele knarrt. Ich erstarre.

Inken nimmt meine Hand. »Hier ist niemand außer uns.«

Das soll wohl beruhigend gemeint sein. Doch der Satz treibt mein Herz zu neuen Ausbruchsversuchen. Der Flur ist kurz. Ich erhasche einen Blick in eine kleine Küche mit einer altmodischen Anrichte, die von Herd und Kühlschrank eingequetscht wird. Das Wohnzimmer, in das Inken mich zieht, ist größer, aber trotz der breiten Fenster ziemlich düster. Muss an den klobigen Möbeln liegen.

Hinter mir knistert was, und ich fahre herum, erschrecke mich selbst vor meiner Schreckhaftigkeit. Rechts neben der Tür ist ein grüner Kachelofen, die untere Klappe steht noch einen Spaltbreit offen. Dahinter zuckt es orange und gelb und knistert.

»Hoffe, dir ist nicht kalt? Ich wollte eigentlich früher

hier sein, zum Heizen, in dieser Wohnung ist es selbst im Sommer kalt.« Inken zuckt mit den Schultern. Eine Bewegung, die mir durch den ganzen Körper läuft, weil sie immer noch meine Hand hält.

»Schon okay.« Meiner Hand muss doch anzumerken sein, wie heiß mir ist! Tief durchatmen. Aber dafür muss ich Inken loslassen. Und weil das immer noch nicht reicht, um meinen Atem zu beruhigen, gehe ich rüber zu den Fenstern. Von hier blickt man direkt auf den Friedhof. »Ganz schön morbide Aussicht.«

Inken sagt nichts. Sie kommt mir auch nicht hinterher. Draußen schwirren Tauben vorbei und lassen sich auf der Friedhofsmauer nieder. Hinter mir räuspert sich Inken. Ich halte mich am Fensterbrett fest, während die Fragen mich überfallen, die ich bislang unterdrückt habe. Was will sie mir erklären? Dass sie beenden will, was immer da zwischen uns läuft? Dass sie mich zwar küsst, aber nicht *so eine* ist? Dass das alles nur ein kleines Experiment war? Oder ein Irrtum? Aber solche Küsse können kein Irrtum sein. An dem Gedanken klammere ich mich ebenso fest wie am Fensterbrett. Bis meine Finger schmerzen. Besser die als mein Herz. Die Stille schnürt mir mehr und mehr die Kehle zu. Sag endlich was. Ich weiß nicht mal, wen von uns beiden ich damit meine.

»Wohnt ihr schon lange hier?« Was für eine bescheuerte Frage! Sie ist nicht nur bescheuert, sie verrät auch das Zittern in mir, es klingt mit, wenn ich spreche.

»Ist die Wohnung von meinem Opa. Er ist vor drei Jahren hierhergezogen.« Nach der ganzen Stille scheint Inken jetzt gar nicht schnell und viel genug reden zu können. »Nach dem Tod von meiner Oma. Ich glaub, da hat er es in der alten Wohnung nicht mehr ausgehalten. Und ihr Grab ist da drüben. Aber jetzt ist er gerade bei Verwandten in Hamburg, ich hab ihm versprochen, mich um die Post zu kümmern, die Blumen zu gießen und so. Er hat –«

»Warum treffen wir uns nicht bei dir?« Was ist los mit mir? Erst halte ich die Stille nicht aus, und jetzt ist mir ihr Redeschwall zu viel.

»Wegen … weil …« Inken holt tief Luft. »Meine Eltern. Die würden das nicht verstehen. Das mit uns.«

Ich entspanne meine Finger ein wenig. Okay, das kenne ich. Zumindest mütterlicherseits. Aber das erklärt nur, warum wir hier sind. Ich wende dem morbiden Ausblick den Rücken zu. Ich will zu Inken gehen, will das wirklich, doch wie sie da steht, die Arme verschränkt, den Blick auf den Boden gerichtet, kriege ich keinen Fuß vor den anderen. Ich bleibe, wo ich bin, und lehne mich ans Fensterbrett, sodass die Kante gegen meine Wirbelsäule drückt.

Inken bewegt den Kopf in meine Richtung, aber ich

kann nicht erkennen, ob sie mich anschaut, das verhindert der Haarvorhang. Sie dreht sich auch schnell wieder weg und kniet sich vor den Ofen, stochert mit einer Eisenstange darin herum. Das Prasseln der Flammen wird lauter.

»Ist das alles?« Das kam härter raus, als ich wollte. Aber ich will eine Antwort, kein Ausweichen. Ich stoße mich vom Fensterbrett ab. Auf halbem Weg verliere ich den Schwung, und ich komme mir blöd vor, so mitten im Zimmer. »Deswegen müssen wir uns doch nicht vor den Leuten in der Schule verstecken.« Jetzt bin ich diejenige, die die Arme verschränkt.

»Und Typen wie diesem Philipp noch mehr Futter geben?«

»Der ist doch nur ein Idiot.« Ich zucke mit den Schultern. »Den darf man nicht so ernst nehmen.«

»Du verstehst das nicht.« Inken schiebt die Ofentür mit der Eisenstange zu. Das Knistern der Flammen klingt nur noch gedämpft durchs Zimmer. Ich hocke mich auf den Fußboden. Die Dielen sind kalt. Ich ziehe die Knie an die Brust und schlinge meine Arme um sie, stütze das Kinn aufs linke Knie.

Inken kauert sich vor dem Ofen zusammen – bei ihr ist es bestimmt wärmer – und schaut zu mir rüber. Zwischen uns liegen nur wenige Schritte, aber es könnten genauso gut Tausende von Kilometern sein. *Erklär's mir,* will ich sagen, doch die Worte stecken in meiner Kehle fest wie kleine kalte Klumpen, die sich weder herunterwürgen noch ausspucken lassen. Wir haben kaum angefangen, warum ist das jetzt schon so schwierig? Ich will in die grüne Blätterhöhle zurück, dieses Mal ohne störendes Kind. Da drinnen schien alles so leicht, war einfach nur kribbelig und aufregend.

Inken streicht sich die Haare aus dem Gesicht. »Magst du zu mir kommen?« Sie rutscht ein wenig zur Seite, bis sie mit dem Rücken am Sofa lehnt. Sie klopft mit einer Hand neben sich auf den Boden.

Die Einladung macht es leichter. Und neben ihr, Schulter an Schulter, weiß ich schon nicht mehr, was den Abstand eben noch so unüberwindbar gemacht hat. Gleichzeitig strecken wir die Beine aus. Inken greift nach meiner Hand, und ich hake meine Finger um ihre, damit sie da bleibt. Und jetzt kann ich's auch sagen.

»Kannst du's mir erklären?«

Sie zieht ein Knie hoch und klammert sich mit der freien Hand daran fest. Ihre Armreife rutschen halb bis zum Ellbogen runter. »Leute reden. Und dann …« Sie schluckt. »Dann kriegen meine Eltern es mit.« Sie schiebt die Armreife hoch zum Handgelenk, lässt sie wieder runterrutschen. Sieht mich an, mit einer Bitte im Blick, der ich mich nicht verschließen kann.

Dafür kenne ich das zu gut. Eltern. Bei mir waren es wenigstens nicht beide, die mich abgelehnt haben. Shit! Mom! Die dreht vermutlich gerade durch, weil ich nicht bei ihr bin und mich nicht gemeldet habe. Aber da muss sie jetzt durch. Ich hab hier Wichtigeres zu tun.

»Ich glaube nicht, dass die aus der Schule uns verraten würden. Wer von denen redet denn schon mit den Eltern von anderen? Und wir können uns ja auch nicht ewig verstecken, oder?«

Das wäre zu verrückt. Schmerzhaft. Schließlich leben wir im 21. Jahrhundert und so. Na ja, viele von uns. Bei manchen ist das immer noch nicht angekommen – bei meiner Mutter hab ich erst gedacht, dass sie halt eine andere Generation ist, aber, ehrlich gesagt, so verstaubt ist sie auch nicht. Und so ganz scheint die Hoffnung bei ihr noch nicht verloren – vielleicht gibt's ja auch Hoffnung für Inkens Eltern.

Inken ist so still, dass ich Angst hab, sie wird nie wieder reden. Durch die Stille greift ihre Angst nach mir, legt sich mit Eisfingern um meinen Nacken. Sag was, sag was, sag was. Ich streiche mit dem Daumen über ihren Handrücken. Sie reagiert nicht mal. Die Eisfinger kriechen mir vom Nacken über den Hals.

Ich will Superkräfte. Eine Heldin sein. Eine, die solche Eltern spüren lassen kann, was sie uns mit ihrer Ablehnung antun. Sie all das spüren lassen, was wir spüren und nicht sagen können. Dann müssten sie verstehen – dann könnten sie gar nicht anders.

»Ich –« Inken räuspert sich. »Ich kann verstehen, wenn du ...« Sie zupft an ihren Armreifen. »Wenn du nicht mit mir zusammen sein willst.«

»Blödsinn!« Ich schnappe mir ihre Hände, halte sie ganz fest. Denn klar will ich das: mit ihr zusammen sein. Selbst wenn wir uns erst mal nur heimlich treffen können. Ich lasse sie doch wegen ihrer Eltern nicht im Stich! Das wäre ja noch schöner, wenn die Ignoranten und Vorgestrigen so leicht gewinnen würden! »Wir kriegen das schon hin.« Dass sich mir ein bisschen der Magen umdreht beim Gedanken an die Heimlichtuerei, behalte ich für mich. Schnell küsse ich ihre Handrücken. »Muss ja niemand wissen, was wir nach der Schule machen.« Ich zwinkere ihr zu. »Solange ich weiß – solange wir wissen! –, dass wir zusammen sind, können uns doch alle anderen egal sein!«

Sie zählt ihre blauen Flecke. Sie hat sie unter ihrem Versteck aus Kleidung hervorgeholt. Bei manchen tut sogar die Berührung mit den Fingerkuppen weh. Die ganze Nacht lang macht sie Fluchtpläne. Allein. Stumm. Sie muss weit weg sein, bevor jemand was merkt.
Wie die Dunkelheit lösen sich die Pläne mit dem Morgenlicht auf.
Sie hofft, dass heute vielleicht anders wird. Vielleicht war gestern für eine Weile genug. Wieder angezogen, sieht sie unverletzt aus. Aber sie weiß, dass Jeans und Pullover keine Rüstung sind.

Ausflüchte

Es ist spät, als ich nach Hause komme. Megaspät. Pops schläft bestimmt schon. Trotzdem schlüpfe ich vor der Tür aus meinen Schuhen und schließe so leise wie nur möglich auf.

Umsonst. Die Diele ist hell erleuchtet. Hier schläft niemand. Ich versuche es trotzdem, stelle die Schuhe geräuschlos ab, ziehe die Jacke erst gar nicht aus und schleiche zur Treppe. Auf der siebten Stufe stoppt mich das Knarren der Küchentür. Ich verharre mitten im Schritt, als könnte ich das Unvermeidliche verhindern, wenn ich mich bloß nicht umdrehe.

»Valeska.«

Voller Name, kein gutes Zeichen. Hab ich auch nicht anders erwartet. Aber da klingt noch etwas anderes mit in Pops' Stimme. Enttäuschung?

»Kommst du bitte in die Küche, wir müssen uns unterhalten. Jetzt.«

Er lässt mir keine Chance zur Flucht und wartet auch keine Antwort ab. Seine Schritte entfernen sich, die Tür klappt. Es wäre toll, sich einfach in Luft auflösen zu können. Geht aber nicht. Also folge ich ihm. Vielleicht kann ich ihm erklären, dass ich von Mom mal eine Pause brauche. Vielleicht versteht er, dass ich sie sehen will, das schon, aber zu meinen Bedingungen und nicht zu ihren.

Ich streiche mit den Fingern über meine Lippen und wünsche mir, Inken könnte bei mir sein. Wir könnten da zusammen reingehen, und ich könnte sagen: *Ja, ich war bei meiner Freundin und hab die Zeit vergessen.*

Egal, mir fällt schon was ein. Ich stoße die Tür auf – und hocke in der Falle. Zwei Paar Augen blicken mir vorwurfsvoll entgegen, die geballte Eltern-Power. Was macht Mom hier? Ich bleibe an der Tür stehen. Fluchtbereit.

»Valeska, setz dich doch.« Kühl und überlegen: Mom.

»Danke, ich steh hier gut.« Ich lehne mich an den Türrahmen. Die Stütze brauche ich bei zwei gegen eine. Seit wann verbünden sich die beiden? Gewöhnlich reden die doch kaum miteinander!

Mom seufzt, als wäre ich die Last, die ihr das Kreuz bricht. »Wo warst du heute? Ich hab auf dich gewartet. Ich hab dich angerufen. Ich hab mir Sorgen gemacht. Wir haben uns Sorgen gemacht.«

Pops schweigt. Das kann er sowieso am besten. Bestimmt freut er sich heimlich über das *Wir*. Auch wenn er weiß, dass Mom und ihr Neuer unzertrennlich sind. Vermutlich sollte ich den so allmählich nicht mehr als *neu* bezeichnen.

»Würdest du mir bitte antworten?« Mom packt ihren

Wir-sind-alle-so-zivilisiert-Ton aus, unter dem deutlich der Wutanfall lauert.

»Unterwegs.« Ich hab mein Handy ausgeschaltet und mit meiner Freundin geknutscht. Das ist die Antwort, die ich mir vorstelle. Und ich stelle mir vor, wie Mom dabei rot anläuft. Das Grinsen lässt sich nicht verhindern. Ich bemühe mich. Ehrlich.

Mom läuft tatsächlich rot an, obwohl ich gar nichts von Inken gesagt hab. »Das ist nicht witzig.« Sie behält den zivilisierten Ton bei. »Ich möchte jetzt eine Antwort.« Sie schaut zu Pops, als erwarte sie aus seiner Ecke Unterstützung. Er nickt stumm. Mom presst die Hände auf die Tischplatte. »Deine kleine Schwester hatte Angst, dir wäre was zugestoßen. Oder du würdest sie nicht mehr sehen wollen.«

Da sind sie, die schweren Geschütze. Sie weiß genau, dass ich Nina nicht verletzen will. Ich rufe sie an. Gleich morgen früh. Shit. Ich weiß genau, wie unzureichend so ein Anruf ist. All diese Das-ändert-doch-nichts-daran-dass-Aussagen, die einfach nur gelogen sind, weil sich einfach alles ändert. »Nina kann gern jederzeit herkommen.« Mom soll sich mal schön dran erinnern, wer hier die Regeln gemacht hat.

»Das ist keine Antwort.«

»Doch. Meine.«

»Bitte.« Pops räuspert sich. »So kommen wir nicht

weiter. Jetzt sag uns halt einfach, was du gemacht hast, was dir so viel wichtiger war.«

Starre Blicke von der elterlich vereinten Front. Rina würde mir bestimmt Deckung geben, wenn sie Bescheid wüsste. Ich hätte sie gleich heute Nachmittag anrufen sollen, als Ausrede für Mom hätte sie sich sofort zur Verfügung gestellt, da bin ich sicher. Auch ohne von Inken zu wissen.

»Nichts Besonderes.« Mir ist nach Ausspucken zumute, um den üblen Nachgeschmack der Worte loszuwerden. »Bin nur so rumgelaufen.«

Mom steht auf. »Darüber reden wir noch mal.« Sie rauscht an uns vorbei, ohne sich zu verabschieden. Pops blickt ihr nach und wirkt, als würde er auch lieber verschwinden, statt noch was sagen zu müssen.

Ich erlöse ihn von der Entscheidungsfindung und stoße mich vom Türrahmen ab. »Ich geh dann mal ins Bett. Langer Tag morgen.«

Er nickt.

Ich sehe zu, dass ich in mein Zimmer komme und mir die Decke über den Kopf ziehen kann. In der Stille und Dunkelheit kann ich das Grinsen endlich ganz rauslassen. Auch wenn's unter der Decke stickig ist, auch wenn ich ein bisschen heule. Mir ist die Feuchtigkeit auf meinen Wangen egal. Sie berührt alle Stellen, die Inken geküsst hat.

Dachgeflüster

Überall da, wo wir uns nicht aneinanderpressen, ist es kühl. Aber dieses Dach ist unsere beste Zuflucht, seit Inkens Opa wieder da ist und wir nicht mehr in die Wohnung in der Lilienthalstraße können. Wenn man den Kopf über die niedrige Ummauerung streckt, kann man bis zum Fernsehturm gucken und noch weiter. Machen wir nur selten. Wir kommen schließlich nicht wegen der Aussicht hier rauf.

»Was machen wir im Winter?« Ich lasse meinen Mund auch beim Sprechen dicht an Inkens.

»Das sehen wir dann.« Sie küsst mich wieder und streichelt meinen Rücken. Gänsehaut und Wärme wechseln sich ab. Ich lass das Thema fallen und mich gleich hinterher. Ihre Hände halten mich sicher, und ihre Lippen vertreiben die Gänsehaut an meinem Hals.

Ich will nicht denken. Aber Küsse reichen nicht mehr aus, um die Gedanken zu vertreiben. Ich löse mich aus unserer Umarmung und drehe mich auf den Rücken. Über uns treiben Wolken durchs Blau. Fliegen müsste man können.

»Siehst du die?« Ich kuschele den Kopf an Inkens Schulter und zeige auf die Wolke, in deren Schatten wir liegen.

»Was ist mit der?«

»Sieht aus wie ein Drache. Da sind die Flügel, ganz weit ausgestreckt, und den Kopf hat er schräg gelegt, als würde er hier unten nach wem suchen.«

Inken lehnt ihren Kopf gegen meinen. »Nach Beute?«

»Nein – nach uns. Er will uns mitnehmen.«

Inken streckt eine Hand aus. »Ganz schön hoch.«

Ich setze mich auf und stütze die Arme auf die Ummauerung, starre auf die Stadt im Abendlicht. Alles ist rosarot.

»Was ist?« Inken lehnt sich neben mir auf die Mauer.

»Nichts.« Bestimmt laufen da unten Hunderte von verliebten Pärchen Händchen haltend durch die Straßen, starren sich im Sonnenuntergang an der Spree in die Augen, küssen sich – und kümmern sich keinen Deut darum, wer sie dabei sehen könnte.

»Du bist enttäuscht.« Inken dreht der Stadt den Rücken zu und schlingt die Arme um die Knie. »Von mir.«

Ich lege einen Arm um sie. »Nein.«

Trotz des Wortes krümmt Inken stumm die Schultern nach vorn und mustert ihre Knie. »Ich – ich brauche einfach noch Zeit.« Sie reibt sich über die Augen. »Keine Ahnung, was meine Eltern anstellen würden.« Sie spricht so leise, dass ich ganz stillhalten muss, damit ich ja kein Wort verpasse. Mein Arm zittert, weil ich ihn so starr halte.

Inken lässt den Kopf auf die Knie sinken. »Ich weiß nicht, ob ich das aushalten kann.«

Ich zwinge mich, meinen Arm zu entspannen, streichele über ihren Rücken. Hilflos. »Ich würde die am liebsten –«

»Bitte.« Sie lehnt sich zu mir. »Ich will jetzt nicht länger an die denken.« Ihre Lippen zittern leicht, als sie den Mund auf meine Wange drückt. »Ich will hier nur mit dir sein, okay?«

Die Worte helfen nicht. Denn *die* sind da, in meinem Kopf, bei jedem verstohlenen Blick zwischen uns, der eine Berührung ersetzen soll, bei jedem Kuss, den wir uns heimlich auf der Schultoilette geben, zusammengequetscht in einer Kabine, nachdem wir uns versichert haben, dass außer uns keine da ist, bei jedem Abschied, weil die immer zu schnell kommen, bei jedem Wiedersehen, bei dem wir nicht allein sind, und auch bei jedem, bei dem wir allein sind, weil wir eben so nicht zusammen sein können, wenn wir nicht allein sind. Wir sollten hier oben auf dem Dach stehen und unser Glück in den Sonnenuntergang hinausschreien, es über die ganze Stadt hinwegbrüllen! Wir haben uns gefunden. Das ist so wunderbar. Was kann man daran verachten?

Ich schließe die Augen. Mir ist kalt. Wenn ich sie wenigstens dazu überreden könnte, mit zu mir zu kommen! Klar, Pops würde neugierige Fragen stellen, bestimmt ein paar ungeschickte Bemerkungen machen, typisch Pops halt, aber letzten Endes würde er uns in meinem Zimmer in Ruhe lassen. Ich versuche, mir das vorzustellen: Inken in meinem Zimmer. Wir könnten Musik hören. Quatschen. Wir könnten – auf meinem Bett liegen ... mir ist nicht mehr kalt. Mein Gesicht fühlt sich an, als drohe es jede Sekunde unter einem Hitzeansturm zu zerplatzen.

»Alles gut?«

Ich mache die Augen nicht auf. Ich werde die Augen nie wieder öffnen. Ich bin bestimmt röter als der kitschigste Sonnenuntergang – und Inken starrt mir ins Gesicht. Ich weiß es einfach. Jetzt bin ich es, die das Gesicht an ihre Knie presst. So ist es wenigstens nicht mehr in ihrem Blickfeld.

Sie streicht mir durch die Haare. Ich lasse meinen Kopf, wo er ist. Ich brauche noch etwas, um mich zu sortieren, herauszufinden, was ich sagen kann, um ihre Angst zu vertreiben. Sie scheint mich auch ohne Worte zu verstehen, streichelt mich weiter. Ich mag ihre Art zu streicheln. Es fühlt sich an, als würde sie jedem einzelnen Haar, jedem Millimeter Kopfhaut ihre volle Aufmerksamkeit widmen. Ich atme tief durch und hebe langsam den Kopf, öffne die Augen.

»Meinst du nicht, sie könnten es verstehen? Ich meine,

sogar meine Mom scheint sich langsam an den Gedanken zu gewöhnen – und die hat mich als erste Reaktion zu Hause rausgeschmissen.«

»Sie hat dich zu deinem Vater gebracht.« Inken rückt von mir ab und starrt über die Dachummauerung. »Das ist was anderes.«

Zwischen uns liegen zwei Zentimeter kühle Luft. Eine ganze Kaltfront. Ich will den Sommersturm aus der Blätterhöhle zurück. »Merkst du nicht, wie du – wie wir uns von denen alles diktieren lassen? Wie sie alles beeinflussen? Wie soll das noch schlimmer werden, wenn sie davon wissen?« Ich kann nicht länger still sitzen, springe auf. »Selbst wenn sie dich ans andere Ende der Welt verschleppen, würde ich dich finden! Glaubst du echt, irgendwas oder irgendwer könnte mich davon abhalten, mit dir zusammen zu sein?«

Sie lacht auf. »Das sagst du jetzt!«

»Ich würde dich niemals im Stich lassen!« Wie kann sie das auch nur eine Sekunde lang denken?

»Passiert schneller, als du denkst.« Inken sieht sich nicht mal zu mir um.

Ich trete gegen die Ziegelsteine. Tut verdammt weh. Sie muss doch wissen, dass ich mich nicht einschüchtern oder vertreiben lasse! Ich packe sie an den Schultern. Sie schreit auf und stemmt die Füße gegen die niedrige Mauer. Ihr ganzer Körper zittert. Als hätte ich sie schlagen wollen. Oder vom Dach werfen. Ich zucke zurück. Erstarre.

Inkens lauter Atem schließt uns ein. Vorsichtig hocke ich mich neben sie und lehne den Rücken an die Mauer. Sie ist blass. Ihr Brustkorb hebt und senkt sich, als wäre sie gerannt. Ich traue mich nicht, sie noch einmal zu berühren, und sie blickt an mir vorbei, auf Bilder, die nur sie wahrnehmen kann.

»Zwing mich nicht. Bitte.«

Als würde ich sie – ich will doch nur mit ihr zusammen sein! Ich will nur, dass sie nicht solche verdammte Angst haben muss! Mir muss was einfallen, wie ich ungeschehen machen kann, was immer die ihr angetan haben, um sie so fertigzumachen. »Ist okay.« Ich muss schlucken, damit meine Stimme mich nicht verrät. »Ich würde dich nie zu was zwingen wollen.« Keine Ahnung, ob mir das Lächeln gelingt. Ich hoffe. »Ich will nur –«

»Wie kann ich dir beweisen …?« Sie berührt meine Fingerspitzen.

Eine kurze Erinnerung an die Hitze meiner Gedanken von eben. »Lass uns tanzen gehen!« Ich schließe meine Hand um ihre. »Wir können irgendwohin gehen, wo uns niemand kennt.« Ich küsse ihre Fingerkuppen. »Bitte.« Ein Mal nicht darüber nachdenken, wer uns sehen könnte, mich nicht zurückhalten müssen, wenn ich sie berühren will, unbekümmert mit ihr die Tanzfläche erobern – ein Mal ausreißen aus der Heimlichkeit.

Inken zieht ihre Hand zurück. »Bei meinem Glück ist da garantiert wer, der mich kennt – ganz egal, wo wir hingehen.« Sie schüttelt den Kopf. »Das kann ich nicht.«

»Wir leben in einer riesigen Stadt!« So schnell gebe ich nicht auf. »Da werden wir wohl einen Club finden, der weit genug von jeder Gefahr weg –«

»Ach ja? Und wo soll der sein, dieser tolle Club, wo uns garantiert niemand kennt – und wo sie garantiert nichts gegen uns haben? Glaubst du echt, wir könnten in jeden beliebigen Club gehen und – und – zusammen sein?«

»Es muss doch welche geben, in denen –«

»Da lassen die einen erst ab achtzehn rein. Vergiss es.« Sie dreht sich von mir weg und schnappt sich ihre Tasche.

Will sie jetzt gehen? Einfach so abhauen? Hab ich jetzt sie statt ihrer Angst vertrieben? Die Luft ist zu schwer zum Atmen, und ein stechender Schmerz in der Kehle bringt mich zum Schweigen. Wenn sie jetzt geht, werde ich sie nicht aufhalten können.

Inken kramt stumm in ihrer Tasche.

Mir muss was einfallen. Komm schon! Es muss Worte geben, die sie hierbleiben lassen. *Geh nicht.* Vielleicht hab ich die zwei Worte gemurmelt, vielleicht auch nicht.

Inken blickt mich immer noch nicht an. Also ist wohl nichts aus meinem Mund gekommen. Ich will all dieses *nicht* umbringen.

Inken dreht sich zu mir um und hält zwei dünne silberne Armreife hoch. Sie räuspert sich, scheint aber auch keine Worte zu finden. Stattdessen streckt sie mir die beiden Armreife hin. Was soll mir das jetzt sagen? Ich balle die Hände zu Fäusten und presse sie an meine Seiten. Beide Reife haben das gleiche Muster: zwei miteinander verflochtene Silberdrähte. Sie wirken ganz dünn und zerbrechlich. Inken reibt mit den Daumen darüber. Schweigt.

In unserem Schweigen kann ich mich nicht rühren. Und auch Inken bewegt nichts außer ihren Daumen. Wenn keine von uns dieses Schweigen bricht, werden wir ewig hier stehen. Still und starr – und ohne zu wissen, was die andere noch zu sagen hat. Ich zwinge mich, auf die Geräusche in der Ferne zu hören. Autos rauschen unter uns vorbei. Noch weiter weg rattert eine S-Bahn über die Gleise. Zwischendrin trällern ein paar Vögel. Ich entspanne meine Hände. Hier oben ist nur unser Atem. Ihrer geht genauso flach und stoßweise wie meiner. »Und?«

Ein tiefes Luftholen – von ihr wie von mir. Inken deutet auf unsere Handgelenke. Die zwei, die schon mit unzähligen Armbändern und -reifen bedeckt sind. Sie hält mir einen der silbernen hin, wartet, bis ich ihn vorsichtig berühre. Er fühlt sich härter an, als er aussieht. Inken blickt auf meine Finger, die über das Silber streichen. Das Flechtmuster kitzelt an meiner Haut.

Inken streicht über all die Armbänder, die sich um mein Handgelenk winden. »Wir –« Es ist ein Flüstern, gepaart mit einem fragenden Blick. Ich kriege ein Nicken hin. »Wir können die beide tragen«, flüstert sie weiter. »Unter den anderen fallen sie gar nicht auf. Aber wir wissen immer, dass sie da sind.«

Ich halte ihr den Arm hin, damit sie mir den Silberreif überstreifen kann. Er schmiegt sich zwischen die Armbänder. Ich will nicht, dass er unter ihnen verschwindet, und bewege mich nicht. Die Stille zwischen uns hat was Feierliches.

Aber ich kann nicht ewig stillhalten. »Darf ich?« Ich tippe den anderen Silberreif an, den Inken noch festhält. Sie gibt ihn mir. Ich schiebe ihn über ihre Finger, über die weiche Haut ihres Handrückens. Ein Lichtstreif von irgendwo her erwischt ihn, lässt ihn auffunkeln.

Inken hebt ihren Arm, und der Silberreif rutscht unter die breiteren Goldreife.

Die Höhe schnürt ihr die Kehle zu.
Nur die Hände, die ihr die Arme auf den Rücken pressen, geben ihr Halt. Können sie jeden Moment loslassen. Sie will die Augen schließen und will sie nicht schließen. Sie will alles sehen. Alles. Ihr ist schwindelig. So weit bis nach unten. Spielzeugmenschen. Gehen wie aufgezogen ihrer Wege. Niemand blickt hoch. Sie würden sie erst sehen, wenn sie vor ihnen läge. Zerbrochen. Würden sie es hören, wenn sie schrie? Über dem Abgrund hat sie kaum genug Luft zum Atmen.
Sie reißen sie zurück. DENK DRAN, SOLCHE WIE DU STÜRZEN IRGENDWANN AB. Sie klammert sich ans Fensterbrett. Der Himmel ist blau. Ein Vogel schreit. Schritte klingen dumpf und schnell von ihr weg. Die Tür klappt zu.

Leska's Life: Mein Leben mit dem Coming-out

Notizen aus der Realität. Aktuelle Haarfarbe: silber & schwarz

KOMMENTARE

outandabout

Hallo? Ist hier noch wer? Müssen wir eine Such- und Rettungsaktion starten?

Carla07

Leute! Ich hab ein Mädchen kennengelernt!!! :-)))) Wir sind seit einer Woche zusammen, und das ist das tollste Gefühl überhaupt! Ich will ständig platzen und schreien vor Glück. Und hier kann ich das wenigstens mal loswerden – zu Hause denken die alle, wir wären einfach supereng befreundet ... ist vermutlich auch besser so.

butchblue

Glückwunsch! Dann bist du ja wohl doch nicht die Einzige bei euch ... ;-)
@Leska: Wo bist du denn abgetaucht? Hoffe, wir hören bald wieder von dir und du hast fürs Nichtbloggen auch so einen schönen Grund wie Carla07!

Schrankflüchtling

Ich will mich auch mal wieder verknallen! Menno!

RandaleSister

Sie lebt noch, so weit kann ich euch beruhigen … Aber zeig dich mal wieder mehr, o. k.? Nur anwesend sein, zählt nicht!

R.

Tanzen

»Ich krieg dich kaum noch zu Gesicht.« Rina packt mich am Kragen meiner Jacke und wirbelt mich mit sich herum. »Das gehört sich nicht für beste Freundinnen!«

Der Pausenhof füllt sich, und ich lege den Kopf in den Nacken, lasse meine Gedanken mit den Wolken treiben, während Rina mich weiter herumschwenkt. Sie stoppt unsere Bewegung, aber der Himmel dreht sich weiter. Ich kneife ein paarmal die Augen zu, bis er endlich stillhält.

»Und deswegen –« Rina kommt mit einem Ausfallschritt zur Seite wieder vor mir zum Stehen. »Deswegen wirst du heute Abend mit tanzen kommen. Ausreden lass ich nicht gelten.«

Dabei hätte ich eine gute. Ich könnte Inken zu mir nach Hause einladen, weil Pops für zwei Tage weg ist, irgend so ein Therapieseminar. Dass ich allein zu Hause bleiben darf und für die eine Nacht nicht zu Mom umziehen muss, soll mir zeigen, wie sehr er mir vertraut. Er will mir noch »eine Chance« geben, seit ich zuverlässig jeden Dienstag wieder bei Mom antanze und brav unsere Mittagessen einhalte. Na klar. Meiner Meinung nach ist das eher ein Zeichen dafür, dass er sich vor jeglichem Streit drücken will. So wie meine Zuverlässigkeit nur zu viele Fragen verhindern soll. Was ich mit meinen Nachmittagen und Abenden mache, weiß er ja nicht.

»Hallo? Hat's dir die Sprache verschlagen?«

»Nee.« Ich schiebe Rina ein bisschen von mir weg. »Aber was soll ich denn in so 'nem Club?« Allein, schlucke ich runter und hoffe, ich kann den kleinen Stich beim Gedanken ans Tanzengehen genauso verstecken.

»Mich begleiten.« Rina schnappt sich meine Jackenärmel. »Bitte. Ich kann da unmöglich allein auflaufen.« Sie legt ihren besten Augenaufschlag hin. »Und wir haben schon ewig nicht mehr zusammen abgehangen. Ich weiß schon gar nicht mehr, was bei dir so los ist.«

Vieles. Alles. Jede Menge Kribbeln im Bauch. Ich senke den Kopf, weil mein Blick mich sonst verraten würde. Ist ja schon schwer genug, nicht ständig nach Inken Ausschau zu halten. Sie im Unterricht nicht ständig anzustarren. Ich hab tausend kleine Gummibänder an mir dran, die mich alle in ihre Richtung ziehen. Und wenn ich ihnen nicht folge, spannen sie sich, bis sie reißen und gegen meine Haut schnipsen. Tausend kleine, brennende Stiche, tausend Mal am Tag. Mindestens. Erst unter Inkens Fingern beruhigt sich meine Haut wieder.

»Komm schon.« Rina zupft an meinen Jackenärmeln. »Ein bisschen abzappeln gehen, tut dir bestimmt gut.« Sie geht in die Knie, bis sie mich von unten herauf ansehen kann, mein gesenkter Kopf keine Rettung mehr ist. »Vielleicht findest du sogar eine zum Küssen.« Sie zwinkert mir zu.

»Hab –« *ich schon*, halte ich gerade noch zurück. Der Stich in meiner Brust ist wieder da. »Hab ich wohl kaum eine Chance, in einem Heten-Club.«

Den Seufzer, der den Stich ein wenig abschwächt, lasse ich raus. Der ist meine einzige ehrliche Lautäußerung in diesem Gespräch, auch wenn ich aus einem anderen Grund seufze, als Rina annehmen wird. Shit. Sie hat echt was Besseres verdient. Und vielleicht tut mir ein bisschen Abzappeln wirklich gut. »Okay, okay – überredet.«

Rina grinst, und ich kann bedenkenlos mitgrinsen. Sie lacht. »Na bitte, geht doch.«

Im Freitagabend-Ausgeh-Gewusel auf der Warschauer Brücke bilde ich eine stille Insel und hoffe, bald von Rina entdeckt zu werden. Ich sehe nichts als Pärchen um mich rum, während mir Inkens Worte im Kopf nachhallen. *Ist doch gut, wenn du mal wieder Zeit mit ihr verbringst. Ich hätte sowieso nicht die ganze Nacht wegbleiben können* ... Warum tut das so weh?

Sie weiß, wo ich heute Abend bin. Vielleicht geschieht ein Wunder. Vielleicht überlegt sie es sich noch mal und kommt in den Club. Sie kriegt doch mit, wie Rina mit mir umgeht, weiß, dass sie meine beste Freundin ist – sie muss doch wissen, dass wir Rina vertrauen können.

Zwei Jungs halten Händchen und rennen lachend auf die andere Straßenseite. Ein Mädchen in ausgefranstem Jeans-Outfit und Turnschuhen zwinkert mir zu, bevor sie ihre Freundin an sich zieht. Sie lehnen an einer Laterne und knutschen, als wären sie allein auf der Welt. Ich schlinge die Arme um mich selbst. Der Abend ist kühl. Meine Jacke ist zu dünn.

»Hey, mach nicht so ein Gesicht!« Wirbelwind Rina fängt mich ein und hakt sich bei mir unter. »Wir finden schon eine für dich.«

Dieses Mal bin ich vorbereitet, auch wenn das Lachen noch ein bisschen sticht. »Heute Abend hast du bestimmt mehr Chancen.« Ich lasse mich von Rina durch die ausgehwütigen Massen navigieren, weg vom S-Bahn-Gelände, weg von der Straße zu den Clubs auf der nur noch spärlich beleuchteten Freifläche zur Spree hin. Rina scheint mit dem Weg vertraut, ist im Gegensatz zu mir bestimmt nicht zum ersten Mal hier. Komisches Gefühl. Sonst haben wir immer alles zusammen entdeckt. Aber warum sollte sie in den letzten Wochen nicht auch Neuland betreten haben? Trotzdem muss ich schlucken, als der Türsteher ihr vertraut zunickt. Ein glatzköpfiger Anzugträger? Ich lege all meine Skepsis in meinen Blick, aber Rina zieht mich weiter.

»Mach dir keinen Kopf, der ist weniger spießig, als er aussieht.«

Wir durchqueren einen kurzen, dunklen Flur. Die große Doppeltür, auf die wir zuhalten, vibriert vom Wummern der Musik, als müssten ihre Flügel eigentlich jeden Moment vom Druck der Beats auffliegen, mit Macht gegen die Flurwände knallen. Ich bin froh über das Versprechen, dass hinter dieser Tür keine weitere Unterhaltung mehr möglich ist. Vielleicht ist Tanzen wirklich die richtige Idee. Mich einen Abend lang in der Musik verlieren und alles vergessen. Ich stoße die Doppeltür auf, die schwerer ist als gedacht, und stürme voraus auf die Tanzfläche. Im Gewirr aus Rhythmus und Lichterflackern drehe ich mich um und lasse mich von Rinas Grinsen auffangen.

Wir tanzen. Alles pulsiert. Ich lasse mir den Rhythmus vom Bass diktieren, der durch mich hindurchdröhnt, von innen und außen zugleich auf mich einhämmert. Er zerschlägt die aufgestaute Wut, den angesammelten Frust, schlägt die Gefühle wie Funken aus mir heraus. Sie glühen und zerplatzen und regnen überall um mich herum herab. Ich kann die Arme bis zur Decke strecken, mich an den Lichtstrahlen entlang immer weiter dehnen, zucke mit ihnen in alle Richtungen, bis es mich zerreißt, und das Zerreißen ist gut, es gibt mir neuen Raum zum Atmen, und das Vibrieren der Musik fügt mich wieder zusammen, dehnt mich, hält mich und schleudert mich durch Raum und Zeit.

Meine Kehle ist ausgedörrt. Ich hab das Gefühl, erst mal meine diversen Körperteile wieder zusammensetzen zu müssen. Die Musik ist zu laut, hämmert auf meinen Kopf ein. Wo ist Rina? Ich drehe mich um mich selbst, während der Rhythmus die Luft zum Beben bringt. Für ihn bin ich zu langsam. Meine Beine sind schwer. Wie lang habe ich getanzt? Rina sehe ich nirgendwo. Egal. Ich kriege jetzt keine Panik. Den Blick auf die Bar gerichtet, schiebe ich mich durch die zappelnde Menge. Ich bestelle ein Wasser. Es ist so kalt, dass ich mich schütteln muss. Aber ich kann nicht aufhören zu trinken. Ich schließe die Augen und genieße, wie es durch meine Kehle rinnt, bis mir von all dem Wasser ein wenig schwindlig wird.

»Coole Haare.«

Ein Junge mit blauen Augen und Lederjacke steht viel zu nah neben mir. Ich drehe mich halb von ihm weg, stelle die leere Flasche auf dem Tresen ab.

»Ganz allein hier?« Er schiebt die Flasche zur Seite.

Verdammt, Rina, wo bist du? »Nein.« Ich halte nach ihrem Rotschopf Ausschau. Der müsste doch aus der Menge herausleuchten. Wo bist du, Rina? Du kannst doch nicht ausgerechnet jetzt auf dem Klo sein!

»Sieht aus, als hätte man dich stehen lassen. Würd ich nie tun.« Er grinst mich unter dunklen Locken hervor an. »Robby.«

Ich rutsche von ihm weg. Wenn ich nichts sage, muss der doch kapieren, dass ich nichts von ihm will. Endlich sehe ich einen roten Haarschopf, auf der anderen Seite der Tanzfläche – nein, das sind zwei, eng beieinander. Rina und Dante. Na toll.

Dante streicht ihr über den Arm – und ich zucke zusammen, weil ich gleichzeitig eine Hand auf meinem Arm spüre.

»Ist das deiner?« Robby. Er nickt in Richtung von Rina und Dante.

Ich ziehe meinen Arm unter seiner Hand weg. »Hau ab.«

»Oh, entschuldige, wollte ja nur – aber schon klar, Drama ist eh nicht mein Ding.« Er tritt den Rückzug an.

Meine Erleichterung ist allerdings bei dem Kuss zwischen Rina und Dante wie weggeblasen. Immer noch knutschend, drängen die beiden sich auf die Tanzfläche.

Eins ist klar: Rina kann ich für heute abschreiben. Von wegen *endlich mal wieder zusammen abhängen*! Sie wollte nur wegen Dante hierher. All die Wut, die ich vorhin weggetanzt glaubte, ballt sich wieder in mir zusammen. Ich springe vom Barhocker und stürme auf die Tanzfläche.

Sie hätte mir das sagen müssen. Man schleppt die beste Freundin nicht unter falschen Vorwänden in einen Club! Man verschweigt ihr nicht, dass man da nur hinwill, weil – Shit, wer verschweigt denn in letzter Zeit alles vor der besten Freundin? Aber die Frage will ich jetzt nicht hören, schon gar nicht in meinem Kopf.

Irritierte und verärgerte Stimmen begleiten meinen Weg, als ich mich durch die tanzende Menge drängele. Ich beachte sie nicht, schiebe weiter alle zur Seite, die zwischen mir und den zwei Rotschöpfen sind.

Die bemerken von all dem nichts.

Dante hat seine Hände in Rinas Haaren vergraben, und sie klammert sich an seine Schultern. Ihre Münder sind aneinander festgesaugt. Ist mir egal. Ich packe Rina am Arm und reiße sie zu mir herum.

»Au! He, was – «

»Was das soll? Das frag ich dich! Ich hab gedacht, du willst den Abend mit mir verbringen!«

Sie starrt mich mit großen Augen an, und ich starre zurück.

»Spinnst du?« Rina versucht nicht mal, sich aus meinem Griff zu befreien. Dante macht einen Schritt auf uns zu, aber sie hält ihn mit einer Hand davon ab, näher zu kommen oder sich einzumischen. »Was ist denn in dich gefahren?«

»Du schleppst mich hierher und lässt mich dann stehen! Das ist mit mir!«

»Du hast mich doch schon beim Tanzen vergessen gehabt!«

Hab ich das? Ich lasse Rina los und schlinge die Hand um meine Armbänder, spüre, wie sich der Silberreif durch die Stoffbänder drückt. »Kein Grund, einfach abzuhauen!«

»Bin ich doch gar nicht! Du hast auf nichts reagiert, was ich gesagt hab!«

Na klar. »Gib doch zu, dass du nur wegen ihm herkommen wolltest!« Ich zeige auf Dante. Auf einmal ist um uns herum richtig viel Platz. Ich kann den Arm ausstrecken, ohne jemanden zu berühren.

»Bist du etwa eifersüchtig?« Rina schüttelt den Kopf. »Das glaub ich jetzt nicht!« Sie weicht einen Schritt von mir zurück. »Als meine beste Freundin solltest du dich mit mir freuen!«

»Worüber? Allein hier rumzuhocken, während du deinen Traumtyp küsst? Tolle beste Freundin!«

Ich will nichts mehr hören, nichts mehr fühlen. Soll sie den Abend halt mit Dante verbringen und glücklich sein. Ich renne von der Tanzfläche. Muss nicht mal irgendwen beiseitestoßen, alle machen mir Platz. Haben wir so laut gebrüllt? Haben die das alle mitbekommen? Egal. Ich will nur noch raus hier. Die Tür schlägt hinter mir zu. Die Musik dröhnt noch in meinen Ohren, genauso wie unsere Worte. Meine Schritte können nichts davon übertönen. Ich fliehe weiter.

Der Türsteher, der Rina vor einer gefühlten Ewigkeit

begrüßt hat, zieht eine Augenbraue hoch, als ich alleine aus dem Club komme. Ein Wort, komm schon, sag nur ein Wort, dann kriegst du meine geballte Enttäuschung ab. Er hält die Klappe. Ist ja klar.

Der Weg nach Hause ist elend lang. Die Beleuchtung in der U-Bahn viel zu grell. Mein Zimmer zu still.

Drachentod

Wieder ein Montag. Wer hat die eigentlich erfunden? Mein Handy ist voller unbeantworteter SMS, mein Bauch voller Steine. Ich ziehe meine Füße durch den feinen Kies auf dem Uferweg, aber das Geräusch ist keine Ablenkung. Gleich bin ich an der Brücke. Muss die Treppe nach oben nehmen, den kurzen Weg bis zur Schule.

Rina wird immer noch angepisst sein. Wahrscheinlich noch mehr als am Freitag, weil ich nach dem Streit auf nichts reagiert habe.

Inken wird da sein. Unerreichbar.

Und ich werde nicht wissen, wohin mit mir.

Die Versuchung ist da, einfach am Fuß der Treppe vorbeizugehen. Ich wirbele eine kleine Wolke aus Kieselsteinen und Staub auf. Natürlich weiß ich genau, wo der Weg langführt, wenn ich einfach weiterlaufe – kein Nirgendwo, kein verklärender Sonnenuntergang, nur meine alte Grundschule, eine Sporthalle und schließlich eine Straße, die unweigerlich in bekannte Gefilde führt.

Ich entscheide mich für die Treppe. Die Steine in meinem Bauch reiben aneinander, scheuern die Innenseiten meiner Haut wund. Das ist doch lächerlich! Ich renne die Stufen hoch. Oben ist es mit der Stille vom Ufer vorbei. Der morgendliche Berufsverkehr brandet heran, und die müden bis aufgedrehten Stimmen von Schülergruppen mischen sich darunter, je näher ich dem grauen Kasten komme.

Rina ist schon da. Ich weiß immer noch nicht, was ich ihr sagen soll, aber in real life lässt sie sich nicht wegdrücken oder ignorieren. Sie sieht mich und winkt mir zu. Sie lächelt sogar. Ein bisschen angestrengt, aber sie lächelt. Dabei hat sie wirklich keinen Grund dafür. Ich hab sie erst angebrüllt, dann stehen gelassen, dann ignoriert. Vielleicht meint sie gar nicht mich mit dem Winken und Lächeln. Ich gehe trotzdem weiter auf sie zu. Sie lächelt immer noch, auch als ich vor ihr stehe.

Sie knufft mich gegen die Schulter. »Was ist denn los mit dir?«

Die Steine in meinem Bauch explodieren, und die kleinen, spitzen Teilchen bohren sich in alle Weichteile. »Ich war – weiß auch nicht.« Ich starre auf meine Turnschuhe, als ließe sich auf denen eine Antwort ablesen. »Bescheuert. Ein bisschen eifersüchtig vielleicht.« Ich schiele nach oben zu Rinas hochgezogenen Augenbrauen. »Weil du jemanden hast.«

»Ich hab nicht gewusst, dass Dante da ist – und – und –« Sie wird rot. »Na ja, als er mich geküsst hat, hab ich irgendwie nicht mehr nachdenken können.«

»Ist doch klar.« Ich wische mit einem Fuß über den Boden und wünsche mir, ich könnte in einem Loch verschwinden. Ich bin echt eine tolle beste Freundin! Hab ihr voll den ersten Kuss mit Dante vermiest. »Tut mir leid. Das war total daneben von mir.«

Rina schiebt ihre Füße in mein Blickfeld. »Jetzt mach dich nicht fertig. Ich kann ja verstehen, dass das blöd gewesen ist für dich, da zuzuschauen.«

Wir stehen da und mustern gegenseitig unsere Schuhspitzen. Ich stupse ihre links von mir an. Sie stupst zurück. Wir lachen. Blicken hoch. »Alles wieder gut?«

»Perfekt.« Rina strahlt. Sogar ihre rote Haarpracht leuchtet intensiver als sonst.

Und schon platzen wir wieder gleichzeitig los. Meine Seiten schmerzen und kitzeln von innen und außen. Ich halte mich an Rinas Schultern fest. Sie stützt sich an meine, und es ist ein Wunder, dass wir nicht umkippen.

Jana bleibt neben uns stehen. »Was ist so witzig?«

»Keine Ahnung.« Rina fährt sich über die Augen, und wir müssen noch mehr lachen.

»Hoffnungslos.« Jana seufzt. Aber sie bleibt stehen, fischt eine Packung Zigaretten aus ihrer Umhängetasche. »Von euch hat keine Feuer, oder?«

Aus irgendeinem Grund ist die Frage so komisch, dass ich mich kaum noch aufrecht halten kann. Mein Kopf sinkt gegen Rinas Schulter. Wir schwanken.

»Was ist denn mit denen?« Inkens Stimme, eine Mischung aus verwundert und unsicher, schaltet das Lachen in mir ab. Trotzdem beruhigt sich mein Körper nicht sofort, wankt hin und her wie ein im Wind torkelndes Blatt. Ich hab Schluckauf.

»Keine Ahnung.« Jana gähnt. »Ich bin jedenfalls unschuldig. Hast du Feuer?«

Rina kichert noch immer vor sich hin, und mein Schluckauf wird immer lauter.

»Allein unter Nichtraucherinnen.« Jana seufzt wieder.

Offenbar hat Inken den Kopf geschüttelt. Ich versuche es mit Luft anhalten und schlucken. Ein Mal, zwei Mal. Rina drückt mich mit einer Hand sanft von sich weg. Drei Mal. Ich stoße den angehaltenen Atem aus. Der Schluckauf ist weg. Mir ist ein bisschen schwindelig von all dem Lachen und Schwanken. Inken blickt zur Eingangstür, als würde sie am liebsten ganz schnell ins Innere der Schule verschwinden, aber sie bleibt, wo sie ist.

»Oh Mann. Aua.« Rina stützt die Hände in die Seiten.

»Und?« Jana blickt zwischen uns hin und her. »Weiht ihr uns jetzt ein?«

Rina grinst. »Ich hab meinen Traumprinzen geküsst.«

»Und jetzt ist er ein Frosch?« Jana wedelt mit der Zigarette herum. »Oder was ist daran so komisch?«

Rinas Blick bekommt diesen Ewig-weit-weg-Ausdruck. »Nein, eindeutig immer noch ein Traumprinz.«

»Du Glückliche.« Jana stopft die Zigarette zurück in die Packung. »Meiner weiß nicht mal, dass ich existiere.« Sie blickt Philipp hinterher, der zur Eingangstür schlendert und sich dabei mit ein paar Kumpels hin und her schubst.

»Der? Echt jetzt?« Rina mustert Jana, als wolle sie noch hinzufügen: Du kannst doch wirklich einen Besseren kriegen.

»Was soll ich sagen?« Jana zuckt mit den Schultern. »Ich steh halt auf dunkle Haare, blaue Augen und Muskeln.«

»Der tut doch nur so, als würde er dich ignorieren.« Inken macht zum ersten Mal den Mund auf. »Im Unterricht guckt der ständig zu dir.«

»Macht er das?« Jana beißt sich auf die Lippe, während hinter Philipp und den Jungs langsam die Tür zufällt. »Und ich hab gedacht, er hält mich für Luft seit der Party bei Dante.« Sie holt die Zigaretten wieder aus ihrer Tasche und spielt mit der Schachtel herum. »Was ist mit euch?« Sie blickt zu Inken und mir.

Hat sie was mitbekommen? Uns irgendwo zusammen gesehen? Sie lächelt und spielt mit einem ihrer langen Fingernägel an der Öffnung der Zigarettenschachtel herum. Inken ist erstarrt. Bestimmt schießen ihr dieselben Fragen durch den Kopf. Nur, dass sie ihr Angst machen.

»Eure Traumprinzen.« Jana schnippt die Schachtel auf und zu, auf und zu. Inkens Erstarrung löst sich. Jana schnippt die Schachtel wieder auf. »Oder auch Traumprinzessin, in deinem Fall.« Sie zwinkert mir zu.

Ich schaue überallhin – zu der S-Bahn-Brücke, dem Sockel mit der Riesenhand aus Metall darauf, den oberen Stockwerken der Schule, dem Himmel mit den schnell ziehenden Wolken – nur nicht zu Inken.

»Da oben findest du sie bestimmt nicht.« In Rinas Stimme schwingt immer noch unser Lachen von vorhin mit. »Es sei denn, deine Prinzessin ist Rapunzel, und sie hat sich in unsere Schule verirrt.«

»Also –« Inken klingt nervös.

Ich zähle die Fenster im dritten Stock, halte mich an den Zahlen fest, um sie nicht anzustarren. Ist sie nervös, weil sie jetzt von uns erzählen will? Ich stecke die Hände in die Taschen und drücke mir die Daumen, so fest ich kann. Fühlt sich an, als würde selbst der Wind innehalten, um ja nicht zu verpassen, was Inken als Nächstes sagt. Ihre Armreife klirren sanft gegeneinander.

»Also – ich steh ja mehr so auf den verträumten Typ. Einen mit Fantasie, der in Wolken Drachen sehen kann.«

War ich bei den Fenstern im dritten oder im zweiten Stock? Die Sonne sticht mir in die Augen. So ein Mist.

Jana lacht. »Ein Träumer und Drachentöter? Ist das nicht ein Widerspruch in sich?«

»Kein Drachentöter – einer, der sich traut, auf einem Drachen zu fliegen. Der Mut hat für zwei.«

Ich gebe das mit dem Zählen auf und schließe die Augen. Was nutzt all der Mut, wenn er deine Angst nicht vertreiben kann? Ich halte das Gesicht in die Sonne, verbiete mir jedes laute Wort. Die Klingel ruft uns zur ersten Stunde.

Glück

»Wikipedia sagt –« Rina beugt sich näher an den Bildschirm ihres Laptops. Hinter ihr über der Tür tickt die Küchenuhr, die Mom bei ihrem Auszug hiergelassen hat. »›Als Erfüllung menschlichen Wünschens und Strebens ist Glück ein sehr vielschichtiger Begriff, der Empfindungen vom momentanen bis zu anhaltendem, vom friedvollen bis zu ekstatischem Glücksgefühl einschließt, der uns aber auch als ein äußeres Geschehen begegnen kann, z. B. als glücklicher Zufall oder als eine zu Lebensglück verhelfende Schicksalswende.‹ Alles klar?« Sie lehnt sich zurück und verdreht die Augen.

Als gäbe es zwischen uns dreien hier am Küchentisch eine geheime Übereinkunft und nicht nur Zweierallianzen, die dann auch noch verschwiegen werden müssen. Ich sage nichts und kritzele irgendwas auf meinen Block. Hauptsache, ich muss keine anschauen.

Unter dem Tisch schmiegt Inken ihren linken Fuß an meinen rechten. Glück wäre, jetzt einfach ihre Hand halten zu dürfen. Ich ziehe meinen Fuß weg.

»Will keine von euch was dazu sagen? Soll ich weiter vorlesen?« Ich kann Rinas Stirnrunzeln deutlich hören. »Kommt schon, Leute, lasst mich nicht alles alleine machen.«

Inken findet meinen Fuß wieder und wirft mir einen schnellen Sag-du-was-Blick zu. Was?, versuche ich stumm zu übermitteln, aber sie versenkt den Blick in ihrem Tablet und tippt so hastig darauf herum, dass die Bilder von einer Seite zur anderen flitzen. Ebenso schnell zieht sie ihren Fuß von meinem zurück. Ich taste unter dem Tisch herum, aber Inkens Fuß ist außer Reichweite. Sie gibt mir nicht mal ein Zeichen, ob sie mein Herumtasten wahrnimmt. Dabei hat sie damit angefangen! Warum entzieht sie sich jetzt?

Ich lasse meinen Stift auf den Tisch fallen. »Wie wär's, wenn wir für heute Schluss machen? Mir kommt das mit dem Glück gerade etwas zu den Ohren raus.«

Rina schiebt geräuschvoll ihren Stuhl zurück. »Was ist los? Du bist doch nicht immer noch sauer wegen Freitag?« Sie rupft das Stromkabel aus ihrem Laptop und stapft zur Steckdose. Auch da zerrt sie das Kabel raus. »Ich hab gedacht, das hätten wir geklärt?«

»Haben wir.« Ich schaue zu, wie Rina ihr Zeug in den Rucksack stopft, und suche nach Worten, mit denen ich meinen Frust erklären kann, ohne Inken und mich zu verraten. »Ich würd nur auch gern – ach, vergiss es einfach.«

Rina schlüpft in ihre Jacke. »Ich versteh ja, dass du auch ein Stück vom Glück willst – aber ich kann nichts dafür, dass du keine Freundin hast. Und ich entschuldige mich bestimmt nicht dafür, dass ich einen Freund habe!« Sie schwingt sich den Rucksack über die Schulter.

»Sollst du doch gar nicht!«

Neben mir zuckt Inken zusammen. Bin ich zu laut geworden? Inken macht sich ganz klein, als würde sie sich am liebsten unterm Tisch verkriechen.

Ich springe auf. »Sorry.« Dabei weiß ich nicht mal, ob ich das zu Rina oder zu Inken sage.

»Lass mal.« Rina blickt mich nicht an. »Wir sehen uns morgen.« Wenn du dich beruhigt hast, hängt in der Luft hinter ihr, während ihre Schritte sich durch die Diele entfernen. Inken hockt schweigend da. Ich stehe neben meinem Stuhl, bewegungslos. Die Eingangstür schlägt zu.

Das Schweigen vibriert zwischen uns. »Tut mir leid.« Warum entschuldige ich mich eigentlich? Warum muss das alles so kompliziert sein? Ich könnte sie jetzt anfassen. Doch ich traue mich nicht. Wir sind allein, bei mir zu Hause – was ich mir seit Ewigkeiten gewünscht habe, was wir zusammen geplant haben. Pops ist mindestens bis Mitternacht mit Freunden unterwegs. Rina ist früher weg als gedacht. Und ich stehe blöd in der Gegend rum und kann nicht mal die Hand auf Inkens Schulter legen.

Inken sitzt ganz in sich zusammengesunken da. »Ich geh dann wohl besser auch.«

Ihre Worte rütteln mich endlich aus der Starre. »Quatsch.« Ich stupse sie leicht gegen die Schulter. »Dich behalte ich hier.«

»Sicher?«

»Wieso sollte ich unsicher sein?«

»Du musstest gerade deine beste Freundin anlügen, du musst wegen mir ständig alle anlügen.« Sie reibt mit den Daumen an der Tischkante entlang. »Ich könnte verstehen, wenn – wenn dir das alles zu viel ist, wenn du – «

Ich stoppe ihre nervöse Bewegung und ihre Worte mit meinen Händen. »Quatsch.« Für mehr Worte ist in meinem Kopf kein Platz. Ich will ihr das erklären. Bestimmt sehe ich völlig bescheuert aus, wie ich den Mund auf- und zuklappe, ohne dass was rauskommt. Ist das der Schock? Oder Schiss? Ich stoße den Atem aus und schaue auf meine Hände, die ihre bedecken. »Ist mir alles egal, solange wir uns haben.« Glaube ich. Will ich glauben.

»Haben wir.« Inken dreht ihre Hände um, sodass unsere Handflächen aufeinanderliegen.

Jetzt fällt mir das Atmen leichter. »Gehen wir nach oben? In mein Zimmer?«

Ich mache die Tür zu, und wir stehen beide da, als wüssten wir nicht, wohin mit uns. Dabei sind wir nicht zum ersten Mal zusammen allein. Ungestört.

Es ist viel zu warm in meinem Zimmer. Der Abstand zwischen uns ist zu groß. Ich halte mich am Türgriff fest, kann keinen Schritt gehen. Das Licht ist aus, aber die Straßenbeleuchtung streift mein Fenster und taucht uns in ein Halbdunkel, in dem wir scharfe Umrisse haben. Wenn ich mich nicht bald bewege, werde ich mit dem Türgriff verschmelzen. Es sind nur vier Schritte. Die werde ich doch wohl hinkriegen! Ich starre meine Füße an, als könnte ich sie mit Hypnose dazu bringen, sich zu bewegen.

»Willst du da bleiben?« Inkens Flüstern hilft mir, endlich die Tür loszulassen. Zur Antwort kann ich zwar nur den Kopf schütteln, aber ich schaffe die Schritte zu ihr. Sie nimmt meine Hände und lehnt ihre Stirn an meine. »Hallo.«

Ich ziehe sie an mich. Das ist besser. Ich kenne die Berührung unserer Hände, unserer Lippen. Endlich kann ich sie umarmen, unsere Körper aneinanderschmiegen, bis keine Luft mehr zwischen uns ist. All die weichen und die harten Stellen passen zusammen. Wenn ich könnte, würde ich überall zugleich sein, würde nicht einen Teil von ihr unberührt lassen. Sie presst sich so fest an mich, als würde sie exakt in diesem Augenblick exakt dasselbe empfinden. Ich will nur noch ein Atem mit ihr sein.

Sie küsst meinen Mundwinkel, meine Wange, meinen Hals. Sie verharrt an meinem Hals. Ihre Lippen sind viel zu sanft. Ich will mehr spüren, will, dass sie ein Zeichen hier auf meiner Haut hinterlässt. Aber ihre Berührung bleibt zart, streichelt meine Haut, die unter jedem ihrer leichten Küsse aufschreit. Nur unsichtbare Spuren bleiben auf ihr zurück.

Ich drücke Inken so fest an mich, dass meine Arme davon schmerzen. Sie legt den Kopf an meine Halsbeuge. Ich spüre, wie sie sich bemüht, ganz still zu stehen, doch sie zittert am ganzen Körper.

»Ich hab nicht gedacht –« Ihre leisen Worte kitzeln auf meiner Haut. Ich halte sie und drücke Küsse in ihre Haare, ziellos, suchend, als würde sich irgendwo in den blonden Strähnen etwas finden, das ich sagen könnte. Alles bleibt so versteckt wie Inkens Gesicht an meiner Schulter. Ich höre und spüre, wie sie schluckt.

»Wie lange noch, bis du das nicht mehr aushältst?«

Ich will da jetzt nicht drüber nachdenken. Ich will den Moment auskosten. Verlängern. Keine Sekunde von jetzt vergeuden. Ewig, könnte ich sagen, sollte ich sagen, damit wir weitermachen, wo wir gerade aufgehört haben. Aber das Wort geht mir nicht über die Lippen. »Vielleicht – vielleicht können wir es wenigstens Rina sagen?« Noch als ich die Worte ausspreche, fühle ich die Katastrophe herannahen, unweigerlich, und egal, was ich noch hinzufüge – sie ist meine beste Freundin, sie kann ein Geheimnis bewahren, sie wird das verstehen –, es hilft alles nichts.

Inken schiebt mich von sich weg. »Ich hätte mich nie darauf einlassen dürfen.« Sie starrt auf den Teppichboden, als wäre der das Einzige, was ihr noch Halt gibt. »Ich hab's ja gewusst, aber – « Sie ballt die Hände. »Wir sollten das beenden, bevor es zu schwer wird.«

Das ist es doch längst. Ich schüttele so heftig den Kopf, dass mir schwindelig davon wird. »Ich will uns nicht aufgeben.« Ich nehme ihre Fäuste in meine Hände, streichele über die verkrampften Finger.

Sie macht sich von mir los. »Das ist aber nicht nur deine Entscheidung.«

»Aber allein deine, oder wie?«

Inken antwortet nicht. Sie will an mir vorbei zur Tür, aber ich bin schneller. Ich stelle mich davor. Sie schlingt die Arme um sich. »Für dich ist das alles so einfach, du hast deine Freundinnen, deine Familie. Ich bin ganz allein!«

»Du hast mich.«

»Aber ich verletze dich nur! Das seh ich doch! Und irgendwann gehst du, und dann – und dann – «

»Dann mach was! Lass mich nicht gehen!« Ich will nicht schreien. Ich will ihr zeigen, wie sehr sie mich verletzen kann. Aber dafür bin ich viel zu laut. Dafür ist zu viel Chaos in mir.

»Wie denn?« Inken ist ganz leise geworden. »Wenn wir – wenn wir uns zeigen – das, das ist doch ein gefundenes Fressen für Typen wie Philipp.«

»Was hat der denn jetzt damit zu tun?« Ich versuche ja, nicht mehr so laut zu sein, aber irgendwie muss ich das Chaos in meinem Kopf übertönen, die richtigen Worte herausfischen und hinausschleudern, bevor sie davon geschluckt werden.

»Alles.« Inken spricht noch leiser. »Nichts. Das verstehst du nicht.«

»Dann erklär's mir!« Ich presse meinen Rücken gegen die Tür, will all diese chaotische Energie ins Holz drücken, weg von mir. »Bitte.« Es ist ein klein wenig ruhiger in mir.

Inkens Lippen bewegen sich, aber sie formen keine Worte. Keine, die ich hören könnte. Sie drückt die Arme so fest um sich, dass ihre Rippen davon schmerzen müssen. Ich halte so still, wie ich kann. Alles, was ich will, ist, ihr die Angst nehmen. Aber wie? »Bitte. Du hast mich. Das mit deinen Eltern kriegen wir schon –«

»Die sind doch nur die Spitze von allem.« Inken spricht zu meinen Füßen. Ich halte mich und alles in mir still, damit sie nicht aufhört zu reden. Ich würde mich unsichtbar machen, wenn ich könnte. Wenn ich ihr damit helfen könnte.

»Meine Eltern – die haben doch gedacht, sie würden

mich retten.« Inken blickt nicht hoch. »An meiner alten Schule, da war ich mit einer … zusammen … und die anderen haben uns keine Ruhe gelassen, nicht einen Tag.« Sie flüstert. Als müsste sie sich schämen. »Die Sprüche waren nicht mal das Schlimmste. Schlimmer war es, wenn sie uns in die Ecke gedrängt haben, bedroht, geschlagen. Und dann …« Sie krampft die Arme noch fester um sich und klingt, als wage sie die Worte kaum. »… dann hat Pia mit mir Schluss gemacht. ›War doch nur Spaß‹, hat sie gesagt. Vor allen anderen. Und sie hat gelacht. Gelacht. Genau wie die. Von da an war sie eine von denen, hat mitgelacht und deren Sprüche wiederholt. Alle anderen haben einfach nur zugesehen. Oder weggesehen. So getan, als wäre nichts. Das hab ich auch versucht. Aber das hat nicht geholfen.« Ihre Stimme ist nur wenig lauter als die Stille um uns herum.

»Haben denn nicht mal eure Lehrer …«

Inken schüttelt den Kopf. »Von denen wollte doch niemand was merken.« Sie schluckt. »Einmal haben sie mich aus dem Fenster gedrückt – ich hab da runtergeguckt, und dann hab ich gedacht, wie einfach es wäre, loszulassen, dass ich einfach fallen und alles hinter mir lassen könnte. Ich hab gedacht, so ein Ende wäre leichter als die Angst.«

Mir bricht der Boden unter den Füßen weg. Ich lasse dich nicht fallen. Niemals. Doch ich kriege die Worte nicht raus. Denkst du das noch? Zwei Schritte, und ich stehe ganz dicht vor ihr. Ich will zwei Meter groß und breitschultrig sein, damit ich alle verprügeln kann, die so bescheuert sind. Damit die mal spüren, wie das ist, wenn man Angst hat. Eine Ein-Frau-Armee will ich sein, eine Rächerin, die ihnen Verstand einbläut, in der Sprache, die sie verstehen.

»Aber dann haben sie mich zurückgerissen, und ich hab dagestanden, hab noch gar nicht gewusst, wie mir geschieht. Ein Lehrer ist reingekommen. Ich weiß nicht, ob der was gesehen hat oder nicht. Jedenfalls hat er nur gesagt, ich solle das Fenster schließen und mich setzen, der Unterricht würde jetzt anfangen. Ich war so betäubt, dass ich das einfach gemacht habe. Und sonst nichts.«

Ich lege die Arme um Inken. Das kann ich immerhin. Auch wenn alle Superkräfte bloße Wunschvorstellungen sind, kann ich sie in den Armen halten und mir für den Augenblick einbilden, ich könnte sie beschützen.

Wir sagen nichts. Ich halte sie fest. Inken lehnt sich ganz vorsichtig an mich. Als könnte sie jeden Moment zerbrechen. Sie lässt die Arme sinken, mit denen sie sich selbst festgehalten hat, und drückt sich enger an mich. Ich halte sie. Ihre Hände liegen auf meinem Rücken. Nur unsere Umarmung hält den Abgrund von uns fern.

Weit entfernt dreht sich ein Schlüssel im Schloss,

klickt die Eingangstür auf. Inken zuckt in meinen Armen zusammen, zuckt von mir weg. »Ist das …? Du hast doch gesagt …« Sie blickt um sich, als flehte sie den Boden oder die Wände an, sie zu verschlucken.

Schritte auf dem unteren Flur.

Pops ist zu früh zurück.

Inken reißt die Tür auf, und ich stolpere, kann mich gerade noch abfangen, bevor ich ernsthaft falle. Laute, schnelle Schritte auf der Treppe.

»Hallo. Wer bist – « Pops' Stimme geht im Zuschlagen der Tür unter.

Ich laufe zum Treppengeländer und beuge mich darüber. »Pops? Bist du das?«

»Wer war das denn?« Er dreht sich zu mir um.

»Nur eine aus der Schule. Wir arbeiten an einem Referat.« Komm schon! Rede weiter! Lass dir was einfallen! »Wir haben gar nicht gemerkt, wie spät es schon ist, na ja, und eben haben ihre Eltern angerufen und sie rundgemacht, daher der schnelle Abgang, sorry, wenn sie dich erschreckt hat oder so, ich glaub, ihr ganzes Zeug liegt auch noch in der Küche, das steck ich besser gleich ein, damit ich es morgen nicht vergesse.«

Pops nickt müde unter meinem Wortschwall. Ich hole tief Luft. »Schönen Abend gehabt?«

»Na ja.« Er zuckt mit den Schultern. »Die erzählen auch immer dieselben Geschichten, da hab ich mich lieber verdrückt.« Er fährt sich über den Nacken und geht Richtung Küche.

Ich flitze die Treppe runter und an ihm vorbei. Auf dem Tisch liegt Inkens Tablet, und über dem Stuhl hängt noch ihre Jacke. Die Tasche lehnt am Stuhlbein und sieht verloren aus.

Pops kommt mir hinterher. »Willst du auch noch eine Tasse Tee?«

Ich sammele Inkens Sachen ein und drücke sie an mich. »Nee, danke.« Ich gebe ihm einen Kuss auf die Wange, den er mit einem verwunderten Blick quittiert.

»Na dann.« Er tätschelt mir die Schulter. »Jetzt aber ab ins Bett. Und keine stundenlangen Telefonate mehr.«

»Versprochen.« Von der Jacke steigt mir Inkens Geruch in die Nase. »Schlaf gut.«

»Du auch.«

Die Jacke nehme ich mit ins Bett. Ich schließe sie in die Arme und atme sie ein.

Sie steht an der Wand. Nur einen Moment hat sie nicht aufgepasst. Jetzt kann sie nirgendwohin ausweichen. Sie sind vor ihr und neben ihr. In ihrem Rücken ist die Wand.

Sie kommen näher. Sie sagen nichts. Sie kommen näher. Sie lachen. Sie stoßen sich gegenseitig an. Sie grinsen. Zeigen auf sie. Lachen. Kommen näher.

Sie presst sich gegen den kalten Stein. Sie will sich durch die Wand drücken. Dann könnte sie flüchten. Rennen.

Sie kann keinen Schritt machen. Keine Flucht nach vorn.

Sie kommen näher. Die Hitze ihrer Wut nimmt ihr die Luft. Sie will die Arme heben. Sich schützen. Wo? Wie? Sie kommen.

Das Klingeln ist die Rettung.

Sie klatschen sich ab.

Sie gehen.

Sie zittert und rutscht an der Wand zu Boden.

Leska's Life: Mein Leben mit dem Coming-out

Notizen aus der Realität. Aktuelle Haarfarbe: pink

30. September

Hallo, ihr da draußen –

ich weiß, ich weiß, ich hab ewig kein Update mehr gepostet – tut mir leid! Aber manchmal ... real life und so, ihr wisst schon. Egal.
Was ich heute loswerden will: Manchmal wünsche ich mir Superkräfte – also nicht wie Batman oder so, sondern was wirklich Sinnvolles. Unverletzbar sein, egal, was kommt. Vielleicht wäre es auch cool, wenn man Idioten einfach wegschalten könnte, so einen virtuellen Schalter umlegen, und sie wären weg – puff –, als wären sie nie da gewesen. Sie würden sich in Luft auflösen, und man könnte sie vergessen. Sie hätten im Leben nie eine Rolle gespielt. Würde das nicht vieles leichter machen?
Wenn ihr euch eine Superkraft aussuchen könntet, welche würdet ihr wählen? Lasst mal hören –

Eure Leska

Tim

Fliegen – ganz klar. Dann würde ich mal eben bei dir vorbeischauen. Was ist los, kleine Schwester? Warum so trübsinnig?

Schrankflüchtling

Also, ich würde andere ganz genau das fühlen lassen, was sie ihrem Gegenüber antun. Dann würden die sich das vielleicht anders überlegen.

Carla07

Ich würde gern Wünsche wahr werden lassen. Aber nicht wie so ein dämlicher Flaschengeist, der alles tun muss, was ihm aufgetragen wird – nee, ich würde selbst entscheiden, welche Wünsche ich erfülle und welche nicht. Und bei allen, die sich was Fieses wünschen, würde sich der Wunsch gegen sie selbst verkehren!

outandabout

... allen die Power geben können, zu sich selbst zu stehen. Oder – genau! – ich hätte eine Art »Akzeptanzblaster«: Den richte ich bei jeder Hassattacke auf die entsprechende Person und blase ihr wortwörtlich Verstand ins Hirn! Und sie würde vor Schmerzen schreien angesichts des ganzen Mists, den sie vorher im Kopf hatte.

RandaleSister

Gedankenlesen. Damit ich weiß, was los ist.

R.

Farbe in der Nacht

Als ich meine Tasche gepackt hab, bin ich mir tatsächlich wie eine Superheldin vorgekommen. Aber das Gefühl ist draußen gleich wieder verschwunden. Die Wut treibt mich an.

Ich befreie Tims Fahrrad aus dem Schuppen, mein Fluchtfahrzeug. Für den Plan scheint es mir jedenfalls besser geeignet als die U-Bahn. So cool bin ich dann doch nicht, dass ich die Blicke der anderen aushalten würde, ohne vor Nervosität zu platzen. Da würde ich schon auf dem Hinweg aufgeben. Und das kommt nicht infrage.

Tims E-Mail hab ich ebenso unbeantwortet gelassen wie seinen Kommentar auf dem Blog. Keine Ahnung, was ich ihm auf seine Besorgnis antworten soll. Ich lasse mir was einfallen, bald, damit er sich keine Sorgen mehr macht, verspreche ich mir stumm. Schuldruck, Stress mit Mom – irgendwas, das nicht zu sehr gelogen ist. Lieber würde ich ihm die Wahrheit erzählen.

Inken hat in der Schule ganz blass ausgesehen. Sie hat sich bedankt, dass ich ihr Zeug mitgebracht hab, und gesagt, dass sie über den Feiertag mit ihren Eltern wegfährt. Ist nicht mal aufs Dach gekommen, um davor noch ein bisschen Zeit mit mir zu verbringen. Antwortet auf nichts. Bereut sie, dass sie mir davon erzählt hat?

Fürchtet sie, ich könnte Schluss machen mit ihr, so wie diese Pia an ihrer alten Schule? Traut sie mir so was zu?

Weiß sie, dass ich in ihrem Tablet rumgestöbert hab? Ich war so beschissen allein, und ihr Geruch in der Jacke hat mir nur noch mehr Sehnsucht gemacht – und in dem Tablet war wenigstens noch etwas mehr von ihr.

Wie die Adresse ihrer alten Schule.

Wo ihre Peiniger alle noch sind.

Die – und die Zuseher, die Wegseher. Die Feiglinge.

Ich trete in die Pedale, als hätten die mir was angetan. Die Schnelligkeit tut gut, die eigene Kraft zu spüren.

Inken weiß nicht, was ich vorhabe. Vielleicht hätte ich es ihr erzählt, wenn sie heute aufs Dach gekommen wäre. Die Angst in ihrem Blick verfolgt mich, sie ist mein Motor. Ich fahre schneller und schneller.

Sie wurde weggeschickt. Und die durften bleiben. Wie kann das richtig sein? Die dürfen weitermachen, als wäre nichts gewesen. Denken bestimmt nicht mal, dass sie was falsch gemacht haben. Ich schreie gegen den Fahrtwind an. Ist mir egal, ob ich nächtliche Spaziergänger erschrecke.

Wahrscheinlich halten die mich sowieso nur für eine der üblichen Verrückten und haben mich vergessen, sobald ich außer Sichtweite bin.

Ich werde das Vergessen nicht mitmachen. Ich werde die daran erinnern, dass da eine Rechnung offen geblieben ist. Die können das nicht einfach so unter den Teppich kehren. Das muss mehr Konsequenzen haben als Inkens Angst.

Die Schule sieht genauso aus wie auf den Werbefotos auf der Webseite: ein hell gestrichenes, sechsstöckiges Gebäude. Um die Uhrzeit jetzt ist hinter den breiten Fenstern natürlich alles dunkel. Mir wird schon schwindlig, wenn ich von unten da hochblicke. Wie es von oben aussieht, wenn man aus dem Fenster gehalten wird, will ich mir gar nicht vorstellen. Aber die Bilder drängen sich auf.

Die Spraydose klappert, als ich sie aus der Tasche nehme. Grellrot. Genau so, wie mir zumute ist.

Blühende Hecken säumen rechts und links die Treppe zum Eingang. Alles wirkt schön hübsch und harmlos. Alles sagt: Herzlich willkommen!

So steht es auch auf dem Plakat zum Tag der offenen Tür, das über dem Eingang hängt. Wenn ein Gebäude lächeln könnte, würde das hier blendend weiße Zähne zeigen.

Fassaden können eben täuschen.

Ich lehne das Fahrrad an die linke Hecke. Es kippt ein Stück weit hinein, bevor die stärkeren Äste es auffangen. Tim würde mich umbringen. Aber ich kann das Rad nirgends anschließen, falls ich schnell wegmuss. Außerdem ist es für einen guten Zweck, erkläre ich dem großen Bruder in meinem Kopf. Das wird er schon verstehen. Tim hat sich bislang noch mit allen angelegt, die mir blöd gekommen sind.

Aber das hier muss ich selbst übernehmen.

Die helle Fassade bietet den perfekten Untergrund. Ich ziehe die Kappe von der Spraydose und blicke mich noch mal um. Ich werde gut sichtbar sein, wenn ich da neben dem Eingang stehe und die Wand ansprühe.

Hoffentlich bin ich schnell genug. Schließlich sollen die Eltern sich morgen ein *umfassendes Bild* von der Schule machen können, wie es auf der Webseite so schön heißt. Dabei will ich sie gern unterstützen.

Zischend trifft das Rot auf den hellen Stein.

WARNUNG: DIESE SCHULE SCHÜTZT HOMOPHOBE BULLIES!

Ein wenig von der Farbe läuft nach unten, als würden die Buchstaben bluten. Mein Puls rast, und ich höre von allen Seiten Schritte auf mich zukommen, drehe mich immer wieder um. Aber da ist niemand.

Auch wenn mein Herzschlag mir viel zu laut in den Ohren dröhnt, beschließe ich, die andere Seite vom Eingang nicht leer zu lassen.

WARNUNG: DIESE SCHULE FÖRDERT VORURTEILE UND HASS!

Ich schieße Fotos mit meinem Handy und hoffe, dass sie nicht verwackeln bei all dem Adrenalin, das durch meine Adern sprintet. Ein Vogel piepst aus der Hecke. Ich kann gerade noch verhindern, vor Schreck hinzufallen. Das reicht. Weg hier.

Für den Reißverschluss der Tasche brauche ich zwei Anläufe.

Mit dem Fahrrad reiße ich ein paar Blätter aus der Hecke.

Egal, egal, egal.

Ich schwinge mich auf den Sattel. Stoße mich vom Boden ab. Ich fliege über die Straße. Geschafft! Am liebsten würde ich die Arme hochreißen und jubeln. Aber ich brauche was zum Festhalten. Ich flitze durch Straßen, die sich mit dem noch vormorgendlichen Verkehr füllen. Die haben alle keine Ahnung, was ich getan habe. Aber wenn sie dran vorbeikommen, wird es ihnen rot entgegenleuchten.

Leska's Life: Mein Leben mit dem Coming-out

Notizen aus der Realität. Aktuelle Haarfarbe: pink

3. Oktober

Hallo, ihr da draußen –

wie vertreibt ihr euch den Feiertag? Bei mir ist nichts los, wie ihr unschwer daran erkennen könnt, dass ich Zeit zum Posten hab. ;-)
Na ja, eigentlich versuche ich noch, die Aftershocks eines Familienbrunchs zu verarbeiten ... Wer von euch hat schon mal einen Vormittag zwischen den geschiedenen Eltern verbracht? Bemüht höflich, bemüht, jedes heikle Thema zu umschiffen – und jede Menge unterschwellige Aggression. Ich glaube, ich brauche erst mal ein Bad zur Entspannung verkrampfter Nacken- und Lächelmuskeln ... (aber die Haare bleiben pink!!)

Bis zum nächsten Mal –
Eure Leska

outandabout

Sorry, muss was anderes loswerden: Habt ihr die Bilder schon gesehen?!! Ha, Superkräfte können eben auch aus einer Sprühdose kommen! So, wie das gerade abgeht, können die das, was immer da vorgefallen ist, nicht mehr lange unter den Teppich kehren!!

Schrankflüchtling

Es kam eben in den Nachrichten!!!! Klar, der Schuldirektor spricht nur von Vandalismus etc. Aber hey, die Botschaft an der Wand ist eindeutig. Die wollten auch ein paar Schüler interviewen, aber die sind schnell abgezogen.

butchblue

Wir sollten aber schon erst mal herausfinden, was dahintersteckt, bevor wir so eine Aktion bejubeln, oder? Ich meine, wir wissen ja nicht, ob es stimmt, was da steht ...

Carla07

Ich glaub nicht, dass das jemand nur so zum Spaß gesprüht hat, da wird schon was dahinterstecken. Wenn ich daran denke, was die so an meiner Schule von sich geben, bin ich nur froh, dass die immer noch nichts geschnallt haben!

Konsequenzen

Da ist wohl jemandem der Finger an unserer Klingel festgefroren. Es schrillt und schrillt durchs ganze Haus. Natürlich macht Pops nicht auf, der geht davon aus, dass so ein dringliches Klingeln für mich sein muss.

Mom will mich zwar abholen – ein Mutter-Tochter-Kinoabend –, aber für sie ist es drei Minuten zu früh. Der Tag muss erst noch geboren werden, an dem Mom mal nicht auf die Sekunde pünktlich kommt. Ich reiße die Tür auf. »Ist ja – «

Das Klingeln verstummt. Inken steht vor mir. Sie fuchtelt mit dem Handy vor meinem Gesicht herum. Ihre Augen sind weit aufgerissen.

»Hast du das gesehen?!?«

Mir verschlägt es dreifach die Sprache. Ich hab Inken noch nie so laut gehört. Sie ist noch nie einfach so hier aufgetaucht. Sie hält mir das Handy so dicht vor die Nase, dass ich nichts auf dem Bildschirm erkennen kann. Ich weiche einen Schritt zurück.

»He!« Sie packt mich am Arm.

»Ich will nur was erkennen können.« Ich hebe beide Hände, unentschieden, ob ich sie damit beruhigen oder mich ergeben will. Vorsichtig lege ich die Finger um Inkens Handgelenk, damit sie mit dem Herumgefuchtele aufhört. Den roten Schriftzug muss ich gar nicht erst lesen. Daher kommt also die Aufregung! »Das haben mir schon so ungefähr alle geschickt, die ich kenne.« Ich probiere es mit einem Lächeln. »Und viele, die ich nicht kenne.« Schon etwas unheimlich, wie schnell und weit sich das verbreitet – aber auch gut. »An der Schule haben die jetzt bestimmt keine ruhige Minute mehr.«

»Das ist meine alte Schule.« Inken lässt das Handy sinken. »Der Direktor war bei uns! Der wollte wissen, ob ich die Fassade beschädigt und die Schule verleumdet habe! ›Üble Nachrede‹ wäre das. Strafbar!«

»Aber du bist doch mit deinen Eltern –«

»Zum Glück! Aber noch nicht mal meine Eltern sind ganz überzeugt, dass ich nichts damit zu tun habe! Der Direktor will vielleicht sogar Anzeige erstatten!«

»Das – das tut mir leid.« Wie konnte das so nach hinten losgehen? »Das wollte ich nicht. Ich –«

»Dafür kannst du – warte.« Sie starrt mich an, und unter ihrem Blick zieht sich alles in mir zusammen. »Du bist das gewesen?« Sie reißt ihre Hand von mir weg. »Spinnst du?«

Es ist wie ein Sturz in dickflüssiges Eis. Ich kämpfe mich an die Oberfläche zurück, damit ich ihr alles erklären kann, damit sie versteht, dass ich das für sie getan habe. »Aber jetzt können die das endlich nicht mehr totschweigen, jetzt muss es Konsequenzen –«

»Wo lebst du denn?« Inken ballt die Hände. »Jetzt wird alles wieder aufgewühlt. Alles fängt von vorn an! Hast du auch nur mal einen Moment lang daran gedacht, was das für mich bedeutet? Konsequenzen? Das ist doch irre!« Sie schüttelt den Kopf. »Ich kann das nicht.« Sie zerrt an ihren Armreifen. »Das geht nicht. Ich kann das nicht.«

»Was?« Ich hab Angst vor der Antwort. Inken sieht mich nicht an. Sie schiebt hektisch ihre Armreifen auseinander. Ich kann nicht anders, ich mache einen Schritt auf sie zu.

»Nicht.« Sie geht rückwärts von mir weg, bis zur Kante des Treppenabsatzes. Mit einem Ruck zieht sie einen Armreif von ihrem Handgelenk. Den silbernen.

»Schon gut.« Ich bleibe stehen.

Inken reißt den Kopf hoch. »Nichts ist gut! Kapierst du das nicht? Ich kann dir nicht mehr trauen!« Sie lässt den silbernen Armreif fallen. Er klirrt, als er aufschlägt. Inken dreht sich um und rennt die Treppe runter. Und sie rennt auf eine Person zu, die nur ein paar Schritte von unserem Eingang steht: Mom.

Inken stoppt nicht mal, weicht aus und verschwindet Richtung Straße. Ich kann den Blick nicht abwenden, bis sie außer Sichtweite ist. Ich will mich nach dem Armreif bücken. Ich will ihr nachrennen. Aber ich bin wie festgefroren.

Mom sieht mich an.

Mir dreht sich ein Satz im Kopf. *Ich kann das nicht.*

Verdammt! Ich will die Eisnadeln nicht mehr spüren, die auf mich einstechen, von Inkens Verschwinden, von dieser Leere, wo sie eben noch war. Von Moms Blick.

Mom schaut von mir weg zur Straße. Was hat sie alles gehört? Hat sie mitgekriegt, worum es geht? Hat sie das von *strafbar* und *Polizei* gehört? Hat sie kapiert, wer Inken für mich ist? Sich aus Abscheu abgewendet? Ich kann mich nicht mal rühren, um wieder reinzugehen und die Tür zuzuschlagen, damit ich ihre Reaktion nicht mit ansehen muss. Mom kommt auf mich zu. Jetzt will ich wirklich wegrennen.

»Ist das eine – ist das deine Freundin gewesen?«

Gewesen. Meine Augen brennen. Wegen diesem Wort. Und auch, weil Mom gar nicht abweisend klingt. Nur vorsichtig. Als hätte sie das andere Wort erst testen müssen, bevor sie es ausgesprochen hat.

»Habt ihr euch gestritten?« Mom bückt sich und hebt den Armreif auf. Sie dreht ihn in den Händen, mustert ihn statt mich.

Ich zucke mit den Schultern. Meiner Stimme traue ich nicht. Genauso misstraue ich Moms sanftem Tonfall. Der wird sich jeden Augenblick ändern – sie wird wissen wollen, was ich *Strafbares* angestellt habe, und dann wird ein Unwetter bisher ungekannten Ausmaßes über mich hereinbrechen. Ich kann mich nicht mal dagegen wappnen. Als hätte Inken mir alle Schutzschilde geraubt.

Mom streckt mir den Armreif hin. »Das renkt sich bestimmt wieder ein.« Sie legt eine Hand auf meinen Arm. So zögernd, als würde sie fürchten, ich könnte eine Berührung abschreckend finden. Selbst wenn – ich bin immer noch wie erstarrt. Inken hat nicht geklungen, als würde sich da wieder was einrenken lassen. Ich schaffe es gerade so, die Finger um den Silberreif zu schließen.

Mom legt einen Arm um mich. »Willst du mir erzählen, was passiert ist?« Sie zieht mich näher an sich, immer noch vorsichtig, als könnte ich jeden Augenblick explodieren – oder zerbrechen. Und das tue ich auch. Mein Kopf berührt ihre Schulter, und Moms Geruch hüllt mich ein, dunkle Erde, auf die stundenlang die Sonne geschienen hat. Zuhause. Ich kann hören, wie alles in mir zerbricht. Es ist ein hässliches Geräusch. Ich will das nicht, aber ich kann mich nicht dagegen wehren, kann es nicht in mir behalten.

Mom hält mich fest. Ich schluchze wie ein dämliches Kleinkind, das immer noch glaubt, Mom könnte alles wieder in Ordnung bringen. Dabei weiß ich es besser. Aufhören kann ich trotzdem nicht. Ich hab's versaut. Und wenn ich Mom jetzt den Grund dafür sage, geht sie wieder weg. Flippt aus. Ich bin zu blöd. Alles mache ich kaputt. Alles. Alles wäre einfacher, wenn ich nicht – wenn ich nicht lesbisch wäre. Und ausgerechnet das platzt aus mir raus.

»Vielleicht«, sagt Mom. »Das kann ich nicht beurteilen.« Sie streichelt über meine Haare. »Aber dann wärst du nicht du – und das fände ich sehr schade.«

Shit. Wieso muss sie genau jetzt das genau Richtige sagen?

Am liebsten möchte ich mich in dieser Höhle aus Zuhause und genau richtig verkriechen. Nie wieder was sagen müssen. Nie wieder der Welt in die Augen schauen. Aber das wäre verdammt feige. Und das will ich nicht sein. Also schniefe ich und wische mir die Wangen trocken und lasse mir von Mom ein Taschentuch geben und schniefe noch mehr.

»Besser?«

»Nicht wirklich.« Meine Augen schwimmen immer noch. Ich blinzele, und sie laufen über. Aber das Schluchzen steckt mir nicht mehr in der Brust. Es ist weg, hat ein Loch zurückgelassen. Vielleicht gewöhne ich mich ja daran. Vielleicht wird es weiter aufgerissen, wenn ich Inken in der Schule sehe. Da können wir uns nicht ausweichen. Ich schiebe den Silberreif in meine Hosentasche. »Ich hab Mist gebaut.« Jetzt ist es raus. Es gibt kein Zurück mehr.

Mom bleibt ganz ruhig. Sie wartet einfach ab, ob ich

noch mehr sage. Ich will nicht, dass sich diese Ruhe ändert. Ich lasse den Kopf an ihrer Schulter und kneife die Augen zusammen. »Hast du das mit dieser Schule in den Nachrichten gesehen?«

Ihr Kinn reibt an meiner Schläfe entlang, als sie nickt. »Da muss wohl einiges passiert sein, dass es zu so einer Reaktion gekommen ist.« Sie redet leise in meine Haare hinein. »Weißt du da was?«

»Ich hab das an die Fassade gesprayt.« Da. Es ist gesagt. Ich halte die Luft an und warte darauf, dass sie mich loslässt. Wegstößt.

Macht sie nicht. Weder das eine noch das andere. Sie sagt auch nichts. Sie atmet nur angestrengt. Als würde sie sich wirklich große Mühe geben, den Ausbruch zurückzuhalten. Sie hält mich weiter fest – oder sie hält sich an mir fest – oder sie will verhindern, dass ich wegrenne, bevor sie sich zwischen ruhig bleiben und ausflippen entschieden hat.

»Warum?«

Das ist alles. Sie fragt und lässt mich nicht los. Sie geht nicht weg.

Zögernd wage ich wieder zu atmen. »Weil ich da eine kenne.«

»Das Mädchen, das vorhin weggerannt ist?«

Ich stocke. Darf ich Mom vertrauen?

»Habt ihr das zusammen gemacht? Hat sie deswegen

was von einer drohenden Anzeige gesagt? Dir ist schon klar – « Mom atmet tief durch. Sie schiebt mich ein bisschen von sich weg. Nur so weit, dass sie mir in die Augen gucken kann. »Dir ist schon klar, dass so was Konsequenzen hat?«

Ich nicke. Klar ist mir das klar. Jetzt schon. Vor allem ist mir klar, dass ich die Konsequenzen komplett falsch eingeschätzt habe. Von allem passiert das Gegenteil. Inken habe ich weiter in die Angst getrieben, während Mom mehr versteht, als ich ihr jemals zugetraut hätte. »Ich war das allein. Ich hab gedacht, dann würde sie sich besser fühlen. Weil endlich mal wer für sie einsteht.«

Mom seufzt. »Und ein anderer Weg ist dir dafür nicht eingefallen?«

Ich schüttele den Kopf, immer noch unentschieden, was, wie viel ich erzählen darf. Ob ich nicht längst viel zu viel gesagt habe. Ich muss mit Inken reden. Das kann nicht einfach so vorbei sein mit uns.

»Wenn du möchtest, begleite ich dich.«

Zu Inken? Denkt Mom jetzt, sie könnte alle Probleme lösen, nur weil sie anfängt, Verständnis zu zeigen? Außerdem spricht Inken unter Garantie kein Wort mit mir, wenn ich in Begleitung aufkreuze.

»Wir können uns auch erst mal erkundigen, welche strafrechtlichen Folgen da überhaupt möglich wären, bevor wir zu der Schule gehen.«

»Bevor wir was?« Versteht sie denn nicht, dass das unmöglich ist? Inken hat jetzt schon Panik. Wenn ich jetzt in der Schule erzählen soll, warum ich das getan hab, wird sie noch mehr ins Zentrum der Aufmerksamkeit rücken. »Das kann ich –«

»Und ob du das kannst.« Jetzt wird Mom doch lauter. Sie lässt mich los und presst eine Hand auf ihre Brust, als könnte sie sich nur so zurückhalten. »Wir werden mit dem Direktor reden müssen, schauen, wie du für den Schaden aufkommen kannst.« Sie fährt sich mit einer Hand durch die Haare. »Gerade wenn deine Freundin unter falschen Verdacht geraten ist, solltest du das richtigstellen. Dann kannst du bestimmt auch den Streit zwischen euch wieder bereinigen.«

Du verstehst gar nichts, brennt mir im Hals. Ich schlucke dagegen an. Klar will ich nicht, dass Inken unter Verdacht steht. Warum hab ich vor dieser blöden Aktion nicht nachgedacht? Mom schaut erwartungsvoll. Wenn es nach ihr ginge, sollte ich alles ungeschehen machen.

Hinter mir knarrt die Eingangstür.

»Noch da?« Pops kommt zu uns raus. »Seid ihr nicht schon viel zu spät fürs Kino?«

Wenn das der übliche Streit zwischen Mom und mir wäre, würde ich das jetzt als Stichwort zum Verschwinden nutzen, wäre mit zwei Schritten im Haus und schneller die Treppe hoch, als Mom mir was nachrufen könnte.

Aber diesmal kann ich mich nicht so leicht davonschleichen. Pops wartet auf eine Antwort. Nur leider fällt mir nichts anderes ein, als Mom anzustarren.

»Eine kleine Krise.« Mom lächelt und legt einen Arm um mich. Das wiedervereinte Mutter-Tochter-Gespann. »Unsere Tochter ist ein bisschen übers Ziel hinausgeschossen, weil sie ihre Freundin verteidigen wollte.«

»Rina?« Pops kapiert mal wieder gar nichts. »Ich dachte, ihr hättet euch gestritten? Jedenfalls –«

»Rina doch nicht.« Moms Lächeln wird ein wenig breiter. Offensichtlich genießt sie ihren Wissensvorsprung, während ich meine Hinrichtung auf mich zukommen sehe. »Ihre Freundin.« Sie blickt zu Pops. »Du verstehst schon.«

»Seit wann hast du eine ... Wieso hast du nichts gesagt? Sie nicht mal mitgebracht?« Er stützt sich am Türrahmen ab. »Was hast du angestellt?«

Ich befreie mich aus Moms Arm. Der Platz auf dem Treppenabsatz scheint mir zu klein für drei Leute. Ich taste nach dem Geländer hinter mir und halte mich daran fest. »Sie ist da auf dieser Schule gewesen, wo sie nur fertiggemacht wurde, weil – weil sie so ist wie ich. Deswegen will sie auch niemandem was von uns sagen. Sie hat immer noch Angst. Das hat mich so wütend gemacht.« Moms Hand auf meiner Schulter ist genauso unerträglich wie Pops' verwirrter Blick.

Ich lehne mich weiter zurück gegen das Geländer und senke den Kopf. Ganz egal, was die zwei von mir halten, damit komme ich schon klar. Nur nicht damit, dass ich Inken verletzt habe. »Ich wollte was für sie tun, ihr zeigen, dass sie nicht allein ist, dass die ihr so was nicht antun und dann einfach wie immer weitermachen können, während sie gehen muss, woanders von vorn anfangen und ganz allein mit ihrer Angst klarkommen muss, das ist so unfair, also hab ich was auf die Schulfassade gesprüht.« Ich stoppe, obwohl ich noch ewig weiterreden möchte.

»Aha.« Mehr fällt Pops dazu offenbar nicht ein.

Ich schiebe meine Füße nach hinten, bis ich mit den Fersen über der Kante des Absatzes hänge.

Mom schnauft. Ich muss nicht hinsehen, um zu wissen, wie sie Pops gerade anblickt. »Wir müssen gleich morgen zu diesem Schuldirektor gehen und versuchen, die Sache zu regeln. Wenn Leska sich entschuldigt und die Fassade wieder bereinigt, sollte sich das doch ohne Polizei klären lassen.«

Ich will mich bei dem Typ nicht entschuldigen! Aber Pops stimmt ihr schon zu, und sie reden weiter über mich hinweg, als wäre ich gar nicht da oder zu klein und unbedeutend, um bei den Erwachsenen mitzureden. »Ich geh da mit euch hin, ich sag auch, dass ich das war, ist mir komplett egal.« Ich umklammere das

Treppengeländer und zwinge mich, den Kopf zu heben. »Aber ich werde mich nicht bei einem entschuldigen, der Mobber beschützt.«

Mom seufzt ihren Jetzt-sag-du-doch-auch-mal-was-Seufzer und blickt zu Pops. Der tritt von einem Fuß auf den anderen, als würde er am liebsten weglaufen. Das Gefühl kenne ich nur zu gut. Aber wir kommen hier alle erst weg, wenn wir das geklärt haben.

Pops räuspert sich. »Ich rufe da gleich morgen an, und wir gehen alle zusammen hin.« Er nickt. »Ich kann verstehen, dass du wütend bist. Dass sie deine Freundin gemobbt haben, ist –« Pops zuckt mit den Schultern. »Furchtbar. Inakzeptabel.« Er fuchtelt mit einer Hand in der Luft herum, als könnte er da passendere Wörter finden. »Da haben ihre Eltern sie doch bestimmt zu ihrem Schutz von der Schule genommen. Das würden wir doch auch tun.« Der Blick zwischen Pops und Mom spricht von totalem Einverständnis.

Mein Klammergriff reicht nicht mehr aus, um mich festzuhalten. In mir sackt alles in sich zusammen. Die würden nicht zu mir stehen. Die würden nicht darauf bestehen, dass Mobbing Konsequenzen für die Täter hat. Nicht die Schule stürmen, nicht die Lehrer konfrontieren, sich nicht an meine Seite stellen, wahrscheinlich nicht mal fragen, was ich will. Die haben gar nichts verstanden. »Sicher, das hat ihr ja auch total gutgetan.«

»Darum geht es jetzt doch nicht, Leska.« Wut liegt in Moms Stimme.

Schon klar: Sie hat Verständnis gezeigt, und die undankbare Tochter gibt sich bockig.

»Wir wollen einfach verhindern, dass du eine Strafanzeige bekommst. Was an dieser Schule vorgefallen ist, lässt sich nicht entschuldigen, da sind wir mit dir einer Meinung. Wir wollen das nur im Guten regeln. Was hättest du denn von einem Gerichtsverfahren?«

Ich sehe es vor mir: der böse grinsende Staatsanwalt im schicken Anzug, der eine wütende Rede hält – dagegen dann meine Anwältin, die ihn überlegen und kühl Stück für Stück auseinandernimmt, ein flammendes Plädoyer für mich hinlegt. Das Urteil, das danach nur noch *Freispruch* heißen kann – und im Anschluss der Prozess gegen die Mobber und all diejenigen, die weggeschaut oder es geduldet haben. Hand in Hand würden Inken und ich aus dem Gerichtsgebäude laufen, und die Menge würde uns zujubeln.

Ich weiß: zu schön, um wahr zu werden.

Immerhin verziehen sich meine Mundwinkel bei dieser Vorstellung zu einem Lächeln. Was so komisch daran ist, will Mom sofort wissen. Nichts, ganz und gar nichts, gebe ich zurück und ergebe mich den Plänen der vorübergehend wiedervereinigten Elternfront.

Löwenhöhle

Schulflure riechen überall gleich, selbst mit verbundenen Augen wüsste man sofort, wo man ist. Eine Mischung aus zu wenig Lüftung, Angstschweiß und Reinigungsmitteln. Der Geruch von zu vielen Menschen, die nicht hier sein wollen und keine Chance auf ein Entkommen sehen.

Mom und Pops haben mich in die Mitte genommen. Ich kann mich nicht entscheiden, ob ich mich wie eine Verurteilte auf dem Weg zur Schlachtbank fühle oder wie eine Rebellin, die zum letzten Gefecht zieht. Eine Rebellin, die weiß, sie wird verlieren, aber trotzdem den Kopf hochhält. Letzteres wäre wenigstens nobel. Aber außer mir wüsste das hier sowieso niemand zu schätzen.

Ich habe Inkens Armreif übergestreift. Heute brauche ich sie bei mir. Ganz egal, wie es zwischen uns steht. Ich will nicht, dass es vorbei ist.

Die Rundungen der Perlen drücken sich an meine Handfläche, das Wildlederarmband ist samtig weich, die Knoten der Freundschaftsarmbänder knubbelig und doch auch glatt – und dazwischen die zwei schmalen silbernen Armreife, die unter meiner Berührung schnell warm werden. *Ich kann das nicht.* Aber ich muss da jetzt durch. Ich muss alle Gefühle wegsperren und das aushalten. So wie den Anblick der weißen Planen draußen, die verbergen, was ich an die Fassade gesprayt habe.

Unausweichlich nähern wir uns der Bürotür. Mom legt mir einen Arm um die Schultern. Entweder fürchtet sie, ich könnte im letzten Augenblick flüchten, oder sie will mir tatsächlich stumm Mut machen. Ihr Verhalten ist noch zu neu für mich, als dass ich es fehlerfrei deuten könnte. Pops klopft an die Tür. Er öffnet sie, ohne eine Antwort abzuwarten. Mom und ich lassen ihm den Vortritt.

»Guten Morgen. Wir haben einen Termin mit Herrn Böhm.« Pops stützt sich auf den Tresen, hinter dem eine dunkelhaarige Frau in einem Terminkalender blättert. Seine Schultern sind angespannt. Mom steuert mich neben ihn, sodass wir alle aufgereiht vor dem Tresen stehen.

Die Dunkelhaarige nickt. »Herr Böhm erwartet Sie, gehen Sie einfach durch.« Sie deutet auf die Tür rechts von ihr.

»Danke.« Pops stößt sich vom Tresen ab.

Das ist er jetzt also: der allerletzte Augenblick zur Flucht. Nicht dass eine Flucht mir irgendwas bringen würde. Kerzengerade gehe ich vor den beiden her zur Tür, mache es wie Pops, anklopfen und eintreten. Ich hasse es, dass meine Stimme beim *Guten Morgen* krächzt. Pops und Mom stimmen sofort ein. Sie klingen allerhöchstens leicht angespannt.

Der Mann hinter dem Schreibtisch ist jenseits der vierzig, praktisch ein Dinosaurier. Kein Wunder, dass der es duldet, wenn an seiner Schule gegen uns gehetzt wird. Der stammt ja noch aus dem letzten Jahrhundert. Dazu passt auch sein Anzug und wie er aufsteht, uns bittet, Platz zu nehmen. »Ich freue mich, dass Sie das Gespräch mit mir gesucht haben.«

Bitte? Geht es noch geschwollener? Der Schreibtisch ist genauso aufgeräumt wie seine Sprechweise. Alles in ordentlichen Stapeln, jeder Ordner sauber Kante auf Kante mit denen darüber und darunter. Sogar den Füller hat er an der Längsseite des Schreibtischs ausgerichtet. Wahrscheinlich trauen sich die Staubkörnchen nicht mal, sich diesem Tisch auch nur auf einen Meter zu nähern.

»Unsere Tochter möchte sich bei Ihnen entschuldigen.« Mom drückt meinen Arm, während Herr Böhm es schafft, mich im Sitzen von oben herab zu mustern. Die Stille steigt vom Boden hoch wie Wasser bei einer Flut. Sie umfängt meine Knöchel, meine Knie, kriecht an meinen Seiten hoch und legt sich um meinen Hals. Wenn ich jetzt nichts sage, bekomme ich kein Wort mehr heraus.

»Ich habe eine Freundin.« Hoffe ich zumindest. Ich

will den Füller anstoßen oder an einem der Ordner zuppeln, irgendwie die Perfektion stören. »Sie hat mir erzählt, wie schlimm es für sie hier an der Schule gewesen ist.« Ich verschränke meine Finger. Die Silberreife klirren sacht aneinander. »Da bin ich so wütend geworden – und ich wollte was tun. Ich hab da nicht wirklich drüber nachgedacht.« Ich presse meine Finger so fest gegeneinander, dass es wehtut. »Es tut mir leid. Das mit der Schulfassade.« Bestimmt nicht das, was ich geschrieben habe. Dafür werde ich mich nicht entschuldigen.

Herr Böhm sitzt aufrecht da, an dem zuckt kein Muskel. »Und diese Freundin ist wer?«

»Das möchte ich nicht sagen. Sie hat nichts von der Aktion gewusst.« Ich werde meine Finger nie wieder auseinanderbekommen. Wenn ich auf so was vertrauen würde, könnte ich mich jetzt zu einem Gebet hinreißen lassen, damit Mom und Pops die Klappe halten.

Herr Böhm rückt ein leeres Blatt Papier zurecht, das kein Zurechtrücken nötig hat. »Die Aussage einer einzigen Person hat Sie also dazu veranlasst, unserer ganzen Schule schaden zu wollen? Ohne zu wissen, ob es überhaupt wahr ist, was Ihnen da erzählt wurde?«

Es fällt mir schwer, nicht über den Tisch zu springen und diesen blöden Idioten ordentlich durchzuschütteln. Geht aber nicht. Ich presse die Füße auf den Boden. »Sie hat mich nicht angelogen.«

Pops legt eine Hand auf mein Knie. »Wir glauben unserer Tochter.«

Shit. Ich werde jetzt nicht anfangen zu heulen. Offenbar haben meine Eltern beide die Sag-unerwartet-das-Richtige-Pille geschluckt.

Herr Böhm zieht eine Augenbraue hoch. Der glaubt vermutlich niemandem unter vierzig und Jugendlichen schon gar nicht. »Ihnen wird klar sein, dass wir über die Verschandelung unserer Fassade nicht einfach so hinwegsehen können.«

Mom und Pops nicken wie zwei Streber. Ja, Herr Direktor. Aber Mom drückt wieder meinen Arm. »Wir sind natürlich bereit, die Kosten für die Entfernung zu tragen.«

Pops, rechts neben mir, hört mit dem Nicken gar nicht auf. »Ich habe gute Kontakte zu verschiedenen Handwerksbetrieben, da kann ich Ihnen auch fähige Leute für einen Neuanstrich empfehlen.«

»Das ist sicher gut gemeint.« Herr Böhm lehnt sich zurück und verschränkt die Arme. »Aber ich denke, Ihre Tochter sollte sich aktiv an der Beseitigung des Schadens beteiligen, damit sie versteht, dass man nicht jedem Impuls einfach so nachgehen darf.«

Die Stille ist zurück. Der will alles hübsch verschwinden lassen, als wäre nichts gewesen. Der will, dass *ich* alles hübsch verschwinden lasse.

Pops räuspert sich. »Das halte ich doch für etwas –«

»Dann wären wir auch bereit, von einer Anzeige abzusehen.«

Damit hat er sie. Beide. Und so wird es über meinen Kopf hinweg entschieden, ein Termin wird vereinbart, als wäre ich gar nicht da, und mir drückt all das Gerede die Kehle zu. Ich kann nichts sagen, kann nur zuhören, wie Mom und Pops versprechen, dass ich selbstverständlich da sein werde, dass ich die Fassade mit größter Sorgfalt streichen werde, dass am Ende keine Spur der Schrift mehr zu sehen sein wird.

Wir stehen wieder draußen, und ich versuche mich zu erinnern, wie wir hier hingekommen sind.

»Das ist doch gar nicht so schlecht gelaufen«, sagt Pops.

»Wir helfen dir natürlich beim Streichen«, sagt Mom.

Sie verabschieden sich voneinander, gehen beide auf ihre Autos zu. Einen Moment lang weiß ich nicht, bei wem ich mitfahren soll. Die Wirkung der Sag-unerwartet-das-Richtige-Pillen ist offenbar vorbei.

»Kommst du?«, ruft Pops.

Ich steige ins Auto und starre die Fahrt über aus dem Fenster, damit ich nichts sagen muss.

Eine Stunde – länger halte ich es nicht aus in der Schule. Inken ist nicht da. Und Rina hat diesen verklärten Gesichtsausdruck, der *Dante on my mind* sagt und zum Dauerzustand zu werden scheint. Keine Chance, ein vernünftiges Gespräch mit ihr zu führen – wenn ich denn überhaupt über das reden könnte, was mir durch den Kopf geht.

Wahrscheinlich fällt ihr nicht mal auf, dass sie jetzt allein an unserem Tisch sitzt. Ich mag ja diejenige sein, die die Schule schwänzt, aber anwesend ist Rina auch nicht. Die Glückliche.

Inken ist nicht auf unserem Dach. Die Stadt breitet sich unter mir aus, und in der Spree spiegeln sich die Wolken. Als wären sie vom Himmel ins Wasser gefallen. Ein kühler Wind streicht mir über den Nacken. Ich schlage den Kragen meiner Jacke hoch, ziehe sie enger um mich. Das wärmt auch nicht viel mehr.

Wo würde ich mich verkriechen, wenn ich Inken wäre? Bestimmt nicht zu Hause bei meinen Eltern, die mich nicht verstehen. Mit denen ich nicht reden kann. Inken könnte überall sein. Irgendwo durch die Straßen spazieren, sich in ein Kino geflüchtet haben, eine dieser blöden Touri-Dampferfahrten mitmachen, in der S-Bahn hocken und ewig im Kreis fahren – diese Stadt ist beschissen groß, wenn man eine sucht, die nicht auf Anrufe und Nachrichten reagiert.

Eine Möwe lässt sich schräg zum Wasser kippen und zieht eine enge Kurve über den Spiegelwolken. Sieht aus, als würde auch sie was suchen. Kann ich in der Lilienthalstraße vorbeigehen? Inkens Opa nach ihr fragen? Vielleicht hat sie sich bei ihm verkrochen, vielleicht hat er für Schuleschwänzen Verständnis, auch wenn man ihm die Gründe dafür verschweigt. Pure Spekulation.

Wenn ich eine Möwe wäre, könnte ich in der Lilienthalstraße vorbeifliegen und mich aufs Fensterbrett hocken, unauffällig nachschauen.

Ich bin aber keine Möwe – auch keine Taube oder ein Spatz oder sonst einer von diesen Vögeln, die diese Stadt bevölkern. Mir stehen keine Flügel zur Verfügung, nur die U-Bahn. Die ruckelt und zuckelt und braucht so viele Ewigkeiten bis Kreuzberg, dass ich mir mindestens tausend Mal überlege, umzukehren.

Die zwei Silberreife schmiegen sich unter meinen anderen Armbändern aneinander. Sie klemmen feine Härchen zwischen sich ein. Das ziept. Ich schließe die Augen. Warum hab ich kein Buch dabei? Einfache Antwort: weil ich mich sowieso nicht aufs Lesen konzentrieren könnte.

Die Blätter an den Bäumen der Lilienthalstraße färben sich schon gelb. Der Wind bringt sie zum Rascheln. Das Geräusch begleitet meine Schritte. Vor der Haustür bleibe ich stehen. Sie ist nur angelehnt. Wie eine Einladung. Ich drücke sie hinter mir zu, schließe das Blätterrascheln aus. Als könnte mich das daran hindern, umzudrehen und wegzulaufen, wenn ich es mir jetzt noch anders überlege.

Je schneller ich mich bewege, desto eher entkomme ich den Zweifeln. Ich renne die Treppen hoch. Ein bisschen außer Atem, drücke ich auf die Klingel. Zu lange. Ich reiße den Finger zurück. Lausche.

Nichts.

Das passt zu meinem Glück, dass da jetzt niemand zu Hause ist. Vielleicht ist es wirklich Glück, denn wer weiß, was so aus mir rausgeplatzt wäre, hätte sich die Tür geöffnet. Ich fummele an meinen Armbändern herum und weigere mich, umzukehren. Wer weiß.

Sind das Schritte?

Ich wische mir die schweißnassen Hände an der Jeans ab. Es sind Schritte. Sie kommen näher. Zu langsam, zu schwer für Inken. Noch kann ich fliehen, mich umdrehen, die Treppe runterrennen, bevor mich jemand sieht.

Die Schritte stoppen.

Ich ziehe das jetzt durch.

Die Tür geht auf. »Ja, bitte?« Die tiefe Stimme klingt zu voll für den weißhaarigen Mann, der nur wenig größer ist als ich und dürr und faltig, als würde seine Haut mit dem Altwerden austrocknen und sich immer enger an die Knochen schmiegen.

Ich klammere eine Hand um meine Armbänder. Nicht vorschnell losplappern. Lächeln. »Guten Tag.« Höflich sein. Höflich sein kommt bei alten Leuten bestimmt gut an. »Ich bin mit Inken in einer Klasse und –« Nicht zögern, reden! »Und wir arbeiten da an einem Referat zusammen, und da müsste ich sie was fragen – und ich hab sie heute in der Schule nicht gesehen.« Ich muss Luft holen. Jetzt wird er mich fragen, was ich dann hier zu suchen habe, warum ich Inken nicht anrufe, weshalb ich ihn damit belästige – er wird die Tür zuknallen und umgehend Inkens Eltern anrufen, und dann hab ich Inken nur noch mehr Probleme gemacht. Ich bin so verdammt dämlich!

»Das tut mir leid.« Er schiebt den linken Pulloverärmel hoch und reibt sich über eine alte, knitterige Narbe am Unterarm. »Inken ist heute nicht hier. Da hast du den Weg ganz umsonst gemacht.« Er guckt so freundlich, dass ich ihm am liebsten mein Herz ausschütten möchte. Aber das geht natürlich nicht. Er lächelt. »Soll ich ihr etwas von dir ausrichten?«

Ich ziehe den einen Silberreif von meinem Handgelenk. »Könnten Sie ihr den geben? Den vermisst sie vielleicht.« Hoffentlich. »Den hat sie letztens bei mir vergessen, als wir an dem Referat gearbeitet haben – über Glück, also, das ist das Thema, für den Ethikunterricht.« Ich rede zu viel. Mom würde längst blicken, dass ich was verbergen will. Aber zum Glück ist das nicht Mom da vor mir.

Inkens Opa nimmt den Armreif. Er hält ihn ganz vorsichtig in seiner Hand, auf deren Rücken die Adern ein blassblaues Gebirge bilden. »Ich werde ihn ihr geben.« Er nickt. Als wüsste er genau, wie kostbar mir der Armreif ist.

Blödsinn. Kann er gar nicht wissen. »Danke.« Ich nicke auch. Wir stehen da und gucken uns an und schweigen.

Er kratzt sich noch mal an seiner Narbe. »Ja, dann ...«

»Auf Wiedersehen.« Ich warte nicht darauf, dass er meine seltsam förmliche Verabschiedung erwidert, ich drehe mich um und renne los, renne die Treppen noch schneller runter, als ich sie raufgerannt bin, reiße unten die Tür auf und renne weiter die Straße lang und über die Straße zum U-Bahn-Eingang und wieder runter zum Gleis.

Ist mir egal, wie die Leute mich anstarren, als ich schnell atmend auf dem Bahnsteig stoppe. Die haben doch bestimmt schon mal jemanden rennen sehen! Ich ziehe mein Handy aus der Tasche. Sieben Nachrichten. Alle von Rina.

Das Zittern in ihren Augen geht nicht weg. Das Dunkle unter ihnen kann sie nicht verbergen, auch wenn sie ganz viele von den blonden Strähnen ins Gesicht zieht. Es bleibt immer eine Lücke. Kein Entkommen.

Ich stehe vor dem Spiegel und hasse, was ich sehe. Ich will die Angst an der Gurgel packen und sie aus mir herausreißen. Aber wo ich sie auch packen will, sie weicht aus. Eben saß sie noch in der Brust, jetzt steckt sie im Hals. Sie läuft die Wirbelsäule hinab. Fährt mir in den Bauch. Mit klirrenden Fingern krallt sie sich in mir fest. Ich packe sie und zerre. Aber ihre Finger sind stärker als meine. Ich starre in den Spiegel. Ich will reinschlagen. Die Fratze der Angst zerstören. Sie lauert gleich unter meiner Gesichtshaut.

Ich starre in den Spiegel. Erst erkenne ich das andere Gesicht nicht, das neben meinem darin auftaucht. Der da steht, fürchtet sich nicht vor dem Spiegelbild. Er sieht die Angst und hält ihr stand. Bleibt einfach da.

Fassaden

Der Platz zwei Reihen vor mir ist wieder leer. Und egal, wie lange ich hinstarre, die Tür geht nicht nach Unterrichtsbeginn auf, Inken kommt nicht zu spät, Inken kommt gar nicht. Genauso wenig reagiert sie auf Nachrichten. Hat sie das mit dem Armreif falsch verstanden? Nicht als Bitte-bleib-bei-mir-Geste, sondern als Bleib-bloß-weg? Aber dann hätte ich doch nicht einen der Armreifen behalten. Ich will nicht, dass es vorbei ist. Doch das allein reicht wohl nicht.

Frau Giehrke redet und redet, und ich höre nur halb zu. *The Catcher in the Rye* kann meine Aufmerksamkeit heute nicht fesseln. Nicht mal, als Frau Giehrke fragt, was es bedeuten kann, wenn Holden Caulfield darüber redet, dass das Leben für die einen ein Spiel ist, und zitiert, ohne ins Buch zu schauen: »›Some game. If you get on the side where all the hot-shots are, then it's a game, all right – I'll admit that. But if you get on the *other* side, where there aren't any hot-shots, then what's a game about it?‹« Sie hat so ein verklärtes Lächeln aufgesetzt, als wüsste sie genau, wovon Holden da redet. Wohl kaum. »What do you think he means by that? Do you ever feel the same?« Frau Giehrke blickt erwartungsvoll in die Klasse.

Ich könnte eine Menge darauf sagen – übers Mittendrin-Sein und Doch-nicht-Dazugehören –, aber ich halte mich zurück, weil ich nicht weiß, ob die anderen das verstehen würden, und weil ich nach wie vor nichts von Inken erzählen kann. Außerdem konzentriere ich mich auf Rinas Schweigen neben mir, seitdem ich es aufgegeben habe, Inken weiter Nachrichten zu schicken. Rina schweigt nicht, weil sie dem Unterricht lauschen würde, sie schweigt, weil ich sie ausschließe. Von mir abtrenne.

Wahrscheinlich denkt sie, ich wäre doch noch sauer wegen dem Abend im Club. Bin ich aber nicht. Ich bin nur wütend, weil ich ihr nichts von Inken erzählen kann. Weil Rina einfach so im Club rumknutschen kann und ich nicht. Und eigentlich spielt das alles vermutlich sowieso keine Rolle mehr, weil es vorbei ist. Nicht mal das kann ich Rina sagen. Kann mich nicht mal bei ihr ausheulen. Da ist es leichter, gar nichts zu sagen, denn wenn ich erst mal anfange –

»Valeska, do you want to share your opinion on the subject with the class?«

Shit. Frau Giehrke tippt mit den Fingern neben mir auf den Tisch und blickt mich erwartungsvoll an. Ich blicke kurz zu Rina, aber die schaut stur nach vorn. Von ihrer Seite kann ich keine Hilfe erwarten. Das ist alles viel zu verkorkst.

»No, thank you, I'd rather not.« Wenigstens korrektes Englisch kriege ich zustande und bekomme einige Lacher aus der Klasse. Nur neben mir bleibt es still.

»Very funny.« Frau Giehrke verzieht keine Miene. »I expect an essay on the subject then, two thousand words, by next week.« Sie geht weiter. Ohne Zweifel hat sie ihr nächstes Opfer bereits im Blick. Die Lacher sind jedenfalls verstummt.

Ich stütze die Arme auf dem Tisch ab und vergrabe meinen Kopf darin. In dieser dunklen Höhle werde ich aufs Pausenklingeln warten. Vielleicht verdrücke ich mich dann – auf das Dach, *unser* Dach. Da kann ich wenigstens ungestört hocken und über alles nachdenken. Vielleicht – ganz vielleicht – ist ja heute auch Inken da. Vielleicht können wir dann reden. Würde sie mit mir reden? Sie schreibt mir ja nicht mal. Bestimmt hasst sie mich jetzt. In mir verkrampft sich alles, als würden meine Innereien mit flüssigem Metall übergossen, das sofort aushärtet und mich erstarren lässt. Ich werde mich nie wieder bewegen können.

Mein Handy vibriert. Sofort verflüssigt sich das Metall wieder. Ohne den Kopf zu heben, ziehe ich das Handy aus der Jeanstasche. In der sicheren Höhle meiner Arme schaue ich auf das Display. Das Symbol für eine neue SMS leuchtet mir entgegen. Meine Finger sind viel zu langsam. Die Nachricht ist nicht von Inken. Stattdessen steht Rina ganz oben auf der Liste meiner SMS. Ich tippe auf ihren Namen.

Das ist doch albern. Lass uns reden, ja? Vermisse dich! R.

Ich blinzele und blinzele, bis das Display erlischt. Der Text kreiselt weiter durch meinen Kopf. In Leuchtschrift. *Reden.* Das Wort brennt sich in meine Hirnzellen. Tut weh. Was kann ich Rina sagen?

Miss you, too! L.

Ich schicke es mit dem Pausenklingeln ab. Vielleicht sind meine Finger zu schnell gewesen. Vielleicht hätte ich mir erst überlegen müssen, was ich Rina erzählen darf. Mangelnde Impulskontrolle, immer noch. Aber ich will mich nicht kontrollieren. Zensieren.

Wir gehen Schulter an Schulter nach draußen auf den Hof. Unsere Ecke ist hinten am Zaun, wo man auf die Spree gucken kann. Die Sonne glitzert auf kleinen, wippenden Wellen. Sonnensternenblumen. Wir lehnen uns ans Gitter, das uns vom Weg am Wasser trennt, haken die Finger ins Drahtgeflecht.

»Wo bist du gestern gewesen?« Rina drückt die Nase ans Gitter.

Mir gehen tausend Ausreden durch den Kopf. Ich weiß, sie will wissen, wo ich gewesen bin, als ich die Schule geschwänzt hab, als ich ihr nicht geantwortet hab. Stattdessen entscheide ich mich für die Zeit davor. »Beim Strafgericht.« So hat sich's zumindest angefühlt. Ich schiebe die Ausreden zur Seite, erzähle Rina von der Sache mit der Fassade. Dass ich das gewesen bin.

»Echt jetzt? Menno, warum hast du mich nicht mitmachen lassen?« Sie stupst mich mit der Schulter an. »Da wäre ich doch sofort dabei gewesen!«

Ich weiß. »Dann müsstest du jetzt mit mir die blöde Fassade neu streichen.« Ich lehne die Stirn ans Gitter.

»Mach ich sowieso.« Der Draht wackelt, als Rina mit den Schultern zuckt. »Als würde ich dich damit allein lassen.«

Auf der Spree zieht ein Dampfer vorbei. Sieht aus, als könnten wir mit ein bisschen Anlauf einfach draufspringen und mitfahren. Der fährt zwar nicht in die große weite Welt, ist nur ein Touri-Dampfer, aber er fährt irgendwohin, wo nicht hier ist. Davon könnte ich Rina erzählen, sie fragen, ob sie auf einen Touri-Tag Lust hat. Wir könnten über den Zaun klettern und bis zum nächsten Anlegeplatz des Dampfers rennen, an Bord gehen und so tun, als kämen wir aus England. Wir könnten zum Studium hier sein und alles britisch unterkühlt kommentieren, wir könnten über Mitreisende lästern, ausprobieren, wie lange die sich das gefallen lassen, bevor sie in mühseligem Englisch zurückschießen.

Rina zupft an ihren roten Locken. »Woher hast du überhaupt davon gewusst?«

Ich versenke die Idee vom Touri-Tag in der Spree. Der Dampfer ist sowieso schon zu weit weg. »Von Inken.« Da, bitte, es ist raus. Ich könnte zwar noch umschwenken, könnte noch sagen, dass sie das nur miterlebt hat, dass es nicht Inken, sondern einer anderen passiert ist – aber das geht nicht. Jetzt nicht mehr. Und so vertraue ich ihr alles an. Ich rede und rede, und die Klingel verkündet das Ende der Pause, und ich rede weiter, und wir bleiben am Zaun, und hinter uns und vor uns geht der Tag weiter, aber wir sind in einer undurchdringlichen, zeitlosen Blase, in der ich rede und Rina zuhört.

Am Ende haben uns all die Worte zu Boden gedrückt. Sogar von der Sache mit dem Armreif und Inkens Opa habe ich ihr erzählt. Von Inkens Schweigen. Wir hocken mit dem Rücken zur Spree am Zaun und mustern die Grasbüschel neben unseren Füßen.

»Hättest du mir doch längst alles …« Rina seufzt. »Nee, ich versteh schon.« Sie reißt Grashalme aus, die längst nicht mehr dunkelsommergrün sind. »Das ist doch Mist!« Sie springt auf. »Los, komm mit.« Sie zieht mich hoch. »Das nehmen wir nicht einfach so hin.«

»Aber –«

»Kein Aber! Und keine Panik, ich halte Inkens Namen da raus.« Rina zerrt an meinem Arm, weil ich ihr nicht schnell genug folge. »Obwohl ich ja finde, sie sollte zu dir stehen.«

»In einer perfekten Welt ...« Ich gehe schneller, hole auf. Rina grummelt nur. Sie hat die Panik in Inkens Stimme nicht gehört, sie nicht in ihrem Blick gesehen. Und vielleicht kann sie das auch nicht verstehen. Sie gehört dazu. Sie muss sich dafür weder verstecken, noch mit einem Coming-out etwas riskieren. Hab ich einen Fehler gemacht? Schon wieder?

Die Flure sind still, unsere Schritte auf den Linoleumböden viel zu laut. Mir muss was einfallen, jetzt. Damit Rina keinen Unsinn macht. »Versprich mir, dass du Inken nicht verrätst.« Ich kann die Worte nur flüstern. So leer fühlen sich die Flure fremd an.

»Hab ein bisschen Vertrauen.« Rina flüstert nicht.

Leicht gesagt. Für sie.

Rina klopft an die Klassenzimmertür, und ich schlucke jedes weitere Wort hinunter.

»Herein.«

Rina zwinkert mir zu, als sie die Tür öffnet.

»Ah.« Herr Ott strahlt uns von einem Tisch in der ersten Reihe an. »Wir haben Sie schon vermisst. Nehmen Sie Platz.« Er macht scheuchende Bewegungen mit beiden Händen. »Lauschen Sie den Worten Ihrer

Mitschüler und lernen Sie was.« Er deutet auf die Tafel. In schief nach unten abfallenden Buchstaben steht da: »Freiheit ist immer Freiheit der Andersdenkenden.« (Rosa Luxemburg)

Warum kann Rinas Idee nicht was mit Schuleschwänzen zu tun haben? Jetzt hocken wir in einem Referat fest. Und da komplettes Schweigen im Raum herrscht, werde ich sie nicht mal fragen können, was denn nun diese Idee ist. Wenigstens ist Herr Ott mit seiner ganzen Aufmerksamkeit vorne und sitzt mit dem Rücken zu uns, daher ist es kein Problem, eine Nachricht nach der nächsten ins Handy zu tippen.

Liebe Inken, es tut mir leid. Ich weiß, ich hab das schon 1000-mal geschrieben, aber es stimmt.

Bitte, schick mir wenigstens ein kurzes Lebenszeichen. Ich mache mir Sorgen (und hasse es, wie meine Mutter zu klingen, sorry).

Irgendwas. Ein Wort. Du kannst mich auch beschimpfen, wenn's hilft.

Verstehst du nicht? Ich will an deiner Seite sein, egal, was kommt.

Wenn die Idioten sich wieder was einfallen lassen, will ich dir beistehen.

Wenn deine Eltern sich blöd verhalten, will ich, dass du zu mir flüchten kannst. Ich hör dir die ganze Nacht lang zu, wenn du das willst. Oder ich halte dich einfach nur fest.

Ich schicke nichts davon ab. Sie weiß das alles schon – falls sie meine bisherigen Nachrichten gelesen hat. Falls sie nicht irgendwohin geflüchtet ist, wo sie keinen Empfang hat. Falls sie nicht ihr Handy ignoriert, weil sie nichts von mir hören will. Sehen will sie mich dann wahrscheinlich schon gar nicht. Bestimmt hab ich es mit dem Besuch bei ihrem Opa nur noch schlimmer gemacht! Ihre Eltern haben davon erfahren – sie hat Hausarrest, Kommunikationssperre, Kontaktverbot. Und alles nur wegen mir. Ich bin echt eine tolle Freundin – und als Exfreundin bin ich noch mieser.

Lautes Händeklatschen reißt mich aus der sich immer weiter abwärts drehenden Spirale meiner Gedanken. Das Referat ist vorbei, pünktlich zur Klingel, die das Klatschen mühelos übertönt. Neben mir schiebt Rina ihren Stuhl zurück. Meine Glieder sind tonnenschwer, unmöglich, dass ich je hier aufstehen kann.

Rina hat das Problem ganz offensichtlich nicht. Sie

springt auf und steigt auf unseren Tisch. »Bleibt ihr alle bitte noch einen Moment? Ich hab eine wichtige Ansage für euch.«

Jetzt will ich wirklich weg. Was hat sie vor? Sie wird doch nicht – ich zerre an ihrem Hosenbein, aber sie beachtet mich nicht. Stuhlbeine scharren über den Boden, ein paar ungeduldige Seufzer gehen durch den Raum. Es wird wieder still.

»Danke.« Rina nickt in die Runde.

Ich weiß nicht, wohin mit mir. Selbst wenn ich mich bewegen könnte, wäre es für eine Flucht zu spät. Alle Blicke sind auf uns gerichtet.

»Ihr habt bestimmt alle die Bilder von der Schulfassaden-Aktion gesehen.«

Zustimmendes Gemurmel, Pfiffe, irgendwer ruft *Schnee von gestern*.

Wahr bleibt wahr, antwortet jemand anders.

Gelächter.

Spott? Zustimmung?

Mein Herz pocht, prügelt auf meine Rippen ein. Gleich wird sie sagen, dass ich das war. Die Angst rauscht in meinen Ohren, und ich will ihr in den Hintern treten, sie anschreien, dass das egal ist, weil doch alle über mich Bescheid wissen, also warum ist die Angst da und reißt mich in einen Tunnel aus Panik?

»Leider haben ihre Eltern sie gezwungen, das bei der

Schule zuzugeben.« Rinas Stimme dringt wieder zu mir durch. Buhrufe werden laut. »Genau.«

Hat sie meinen Namen genannt oder nicht? Die meisten blicken zu Rina, aber ein paar der Mädchen grinsen mir zu. Sie wissen es. Sie finden es ... gut?

»Und damit Leska keine Anzeige bekommt, muss sie jetzt die Fassade neu streichen, da, wo sie das draufgesprayt hat.«

Noch mehr Buhrufe. Mein Gesicht ist heiß. Ich schaffe es immer nur kurz, all die Blicke zu erwidern.

»Was hat das mit uns zu tun?« Philipp lehnt sich in seinem Stuhl zurück und vergräbt die Hände in den Taschen der viel zu locker sitzenden Cargohose. Er kippt seinen Stuhl nach hinten und fängt sich ein paar zustimmende Blicke, das ein oder andere leise *Genau*.

»Gut, dass du fragst.« Rina stützt die Hände in die Hüften. »Das ist unsere Chance, zu zeigen, dass wir zu ihr stehen! Dass unsere Schule anders ist. Lasst uns da alle zusammen hingehen! Wir helfen ihr beim Streichen, aber wir tragen dabei alle T-Shirts, auf denen die Wahrheit steht. Wir bringen Plakate mit. Flugblätter. Wir zeigen denen, dass wir Hass nicht akzeptieren!« Rina strahlt wie tausend Sonnen. »Seid ihr dabei?«

Philipp lässt seinen Stuhl wieder nach vorn kippen. »Damit die denken, wir sind alle schwul?« Er schüttelt den Kopf.

Ein paar der Jungs lachen und gucken weg.

»Ihr seid echt so feige!« Jana springt so heftig auf, dass ihr Stuhl zu Boden poltert. »Waschlappen.« Sie funkelt Philipp an. »Hätte ich nicht von dir erwartet. Ich bin jedenfalls dabei. Wer noch?«

Von den Mädchen stehen die meisten sofort auf. Ein paar Jungs schließen sich an. Die noch sitzen, blicken zu Philipp. Der seufzt theatralisch und schiebt seinen Stuhl zurück. »Oh Mann.« Er steht in Zeitlupe auf. »Aber ich trag kein T-Shirt, auf dem irgendwas Schwules steht.«

»Sei halt kreativ!«, schießt Jana zu ihm rüber, während auch alle anderen aufstehen.

Ich bin die Einzige, die sitzt. Mein Herz pocht noch immer, aber nicht mehr vor Panik. Ich wünschte, Inken könnte das sehen.

»Dann ist das also abgemacht.« Rina springt von unserem Tisch. »Wir lassen am Freitag die sechste Stunde ausfallen und tun was Gutes.« Viele nicken und klopfen zustimmend auf ihre Tische, ein paar schauen bei dem Gedanken, die Schule zu schwänzen, betreten zur Seite.

Rina pickt die Zögerlichen raus, schaut sie der Reihe nach an. »Angewandte Ethik, da kann der Ott gar nichts dagegen haben.« Sie fängt an, Gruppen einzuteilen – eine für Plakate, eine für Flugblätter, eine für T-Shirts ... Sie schwirrt durch den Raum, und mir schwirrt der Kopf. Sosehr ich begreifen will, was hier gerade passiert, sosehr ich aufstehen und mitmachen will, mir ist zu schwindelig, ich vertraue meinen Füßen nicht.

Jana hockt sich neben mich auf Rinas Platz. Sie grinst und beugt sich zu mir. »Ich hab schon das perfekte T-Shirt für Philipp. Ihr werdet sehen.« Sie zwinkert mir zu. »Ich schick die Aktion noch mal als Info über die Klassenliste rum, damit alle Bescheid wissen – das sollte auch die Scheinkranken aus dem Bett treiben.«

Ihr Grinsen ist ansteckend. Und vielleicht liest Inken die Nachricht ja.

Leska's Life: Mein Leben mit dem Coming-out

Notizen aus der Realität. Aktuelle Haarfarbe: Regenbogen!

7. Oktober

Hallo, ihr da draußen –

ich gebe das ja nicht gerne zu, aber manchmal ist das immer noch schwer mit diesem Coming-out. Versteht mich nicht falsch: Mit den Leuten, die mich kennen und von mir wissen, fühle ich mich wohl! Nur – wenn ich in neuen Situationen bin, Unbekannte treffe, dann finde ich es nicht immer leicht, jedes Mal wieder diese Entscheidung treffen zu

müssen (denn so fühlt es sich an): Kann ich mich offen zeigen oder nicht?
Ich will mich nicht verstecken. Aber in diesen Situationen ist immer aufs Neue der Moment da: Werde ich abgelehnt, weil ich bin, wer ich bin? Oder werde ich trotzdem (!) akzeptiert? Beides Gedanken und Empfindungen, die mich echt wütend machen. Es sollte da kein Trotzdem, keine Frage geben! Es sollte einfach keine Rolle spielen!
Unsere Gesellschaft sollte so weit sein, dass wir nicht automatisch Annahmen über unser Gegenüber treffen, sondern für alle Möglichkeiten offenbleiben.
Ich will nicht abgelehnt und verachtet werden, weil ich liebe, wen ich liebe.
Und ich will keine Angst haben müssen, weil ich bin, wer ich bin. Nicht mal für einen Augenblick.
Ist das zu viel verlangt?

Bis demnächst –
Eure Leska

KOMMENTARE

butchblue

Nein, ist es nicht! Trotzdem (da ist es schon wieder) fürchte ich, bis wir dahin kommen, ist es noch ein langer Weg …

Schrankflüchtling

Ich weiß genau, was du meinst! Das ist einfach nur mies – und immer wieder ein kleiner Anschlag aufs Selbstbewusstsein.

RandaleSister

Ich wünschte, ich könnte das ändern! Ein Mal mit den Fingern schnipsen, und – zack! – alle Menschen haben eine Erleuchtung.

outandabout

Trotzdem: nicht einschüchtern lassen!

Carla07

... manchmal leichter gesagt als getan.

@RandaleSister: Das wäre toll!

Weiterlügen

Beim Ton meines Laptops zucke ich zusammen. Ich kriege das Teil gerade noch zu fassen, bevor es mir vom Schoß rutscht. Ich halte ihn fest, als würde es ihm schaden, aufs Bett zu fallen. Vielleicht muss ich mich auch nur irgendwo dran festhalten, während ich checke, wer sich da bei mir meldet.

Es ist nicht Inken.

Tim: Was ist los, kleine Schwester? Erst dieser Depri-Blog-Post, und dann krieg ich einen Anruf von Pops, der Schiss hat, du könntest »abrutschen« … Was geht da bei euch ab?

Leska: Nichts. Pops übertreibt. Wie immer.

Tim: Schulfassaden ansprühen?!?

Leska: Das war nur ein Mal! Und total gerechtfertigt!!! In der Schule haben sie eine Freundin von mir fertiggemacht.

Shit, da sind meine Finger schneller gewesen als meine Vorsicht. Erst denken, dann schreiben! Immerhin hab ich *eine* Freundin geschrieben und nicht *meine* Freundin. Und eigentlich weiß ich nicht mal, ob irgendwas davon noch stimmt.

Tim: Eine Freundin? Oder endlich: eine Freundin!

Warum kennt mich mein großer Bruder so gut? Warum kann er so verdammt hellsichtig sein? Wieso fühle ich mich immer noch verpflichtet, nichts über uns zu erzählen, nicht mal ihm?

Leska: Ist doch egal.
Tim: Seit wann?
Leska: Du bist blöd.
Tim: Nee, nur zu weit weg.
Leska: Stimmt.

Ein Chat ersetzt eben keine Umarmung. Die hätte ich jetzt nötig. Ich könnte mich an seiner Schulter verkriechen, wie früher, und eine Zeit lang wäre die Welt schlicht in Ordnung – oder eben nicht existent. Eine kurze Auszeit, nach der ich die Welt wieder zu nehmen wüsste.

Tim: Bist du mit der neuen Freundin unterwegs, wenn Pops sich sorgt, weil er nicht weiß, wo du steckst? Weil du Verabredungen nicht einhältst, spät nach Hause kommst ...?
Leska: Und wenn?

Shit, Shit, Shit, ich muss ihn irgendwie von dem Thema weglotsen. Aber wie?

> Leska: Als hättest du das nie getan! Ich erinnere mich da an eine Zeit, noch gar nicht sooooooooo lange her, da hast du auch nichts erzählen wollen ...
> Tim: Eben. Weil ich das schon durch hab, weiß ich, dass er das verstehen würde. Trau ihm ein bisschen was zu! Er würde sie kennenlernen wollen.
> Leska: Und peinlich befragen! Nee, danke.
> Tim: Also ist da wirklich eine? :-)))))

War. Mein ganzer Körper sticht. Erstarrt. Diese Antwort will ich nicht. Ich will sie nicht geben, ich will sie nicht mal denken. Fühlen will ich sie schon gar nicht. Der Schmerz soll aufhören, jetzt, sofort! Sie will eine, die mutig ist für zwei, das hat sie doch gesagt. Fast gesagt. Ich schlucke. Ich werde jetzt nicht vor dem Bildschirm hocken und heulen. Schließlich muss ich was sehen können, um Tim zu antworten. Ich blinzele. Beuge und strecke die Finger, damit die Starre vergeht. Ich will das *Ist* zurück.

> Leska: Ist meine Sache. Als würdest du mir alles erzählen. Ich weiß ja nicht mal, wo ihr im Moment seid!

Tim: Kreta, bei Sophias Opa. Der hat mich einer echt peinlichen Befragung unterzogen! Und ich hab erst noch gedacht, ich könnte ihn mit den paar Brocken Griechisch beeindrucken, die Sophia mir beigebracht hat. Ha! Nichts war. Und bestimmt hat Sophia die Fragen beim Übersetzen schon abgemildert. So finster, wie der mich angestarrt hat ...
Leska: Und? Prüfung bestanden?
Tim: Ich glaub schon. Aber ein gemeinsames Zimmer haben wir bei ihm trotzdem nicht – bin froh, wenn's weitergeht! ;-)
Leska: He! Too much information!
Tim: Sorry. :-)
Leska: Wo geht's denn als Nächstes hin? Und wann?

Tims Schreib-Icon blinkt und blinkt und blinkt. Die Antwort scheint ein ganzer Roman zu werden. Es muss toll sein, einfach so rumreisen zu können. Wie es wohl wäre, mit Inken Hand in Hand am Strand langzulaufen? Ich schiebe zwei Finger unter meine Armbänder, taste nach dem Silberreif. Ob Inken ihren wieder trägt? Ich werde sie nicht kampflos aufgeben, das kann sie vergessen.

Tim: Hoffentlich bald! Aber Sophia ist gerade süchtig danach, alles über ihre griechische Familie zu erfahren, und hockt ständig mit ihrem Opa zusammen oder schleppt mich zu Verwandten mit ... Ich versteh's ja – einerseits. Andererseits würde ich echt gerne weiterziehen. Inzwischen traue ich mich ja nicht mal mehr, Sophias Hand zu halten! Wann ich sie zum letzten Mal geküsst habe, weiß ich schon gar nicht mehr! Wir stehen ständig unter Aufsicht – so fühlt es sich zumindest an. Ätzend. Wir wollten eigentlich längst Richtung Malta unterwegs sein (ha, da würde ich wenigstens die Landessprache verstehen!). Aber jedes Mal, wenn ich das sage, wird sie kratzbürstig, wir streiten, und ihr Opa guckt wieder finster ...

Leska: Du musst subtiler vorgehen, großer Bruder. ;-)

Tim: Irgendwelche Tipps?

Mein großer Bruder fragt mich um Rat? Der muss wirklich verzweifelt sein. Und ich kann ihn besser verstehen, als ich ihm sagen kann. Darf. Ich boxe gegen ein Kissen. Zum Glück kann Tim mich nicht sehen.

Leska: Erzähl ihr, wie schön Malta ist.

Tim: Schön ist Kreta auch, das zieht nicht.

Leska: Dann lade sie zu einem romantischen Essen ein, nur ihr zwei (oh Mann, ich kann nicht glauben, dass ich dir das schreibe!), zeig ihr, was sie verpasst, wenn ihr weiter so unter Aufsicht steht ...

Tim: Manchmal denke ich, sie vermisst das gar nicht.

Leska: Glaub ich nicht. Mach was Romantisches mit ihr, darauf stehen wir Mädchen.

Tim: Ihr seid echt kompliziert!

Leska: Komm schon, du hast die perfekte Umgebung für Romantik – Meer, Strand, Sonnenuntergang ... Oder muss ich dir einen Plan zeichnen?

Tim: Schon gut, schon gut! Verstehe: Picknick am Strand mit Sonnenuntergang. Fernab aller Verwandten.

Leska: Mehr muss ich wirklich nicht wissen!

Tim: ;-) Das könnte sogar klappen.

Leska: Ich drück dir die Daumen.

Tim: Danke! Fühl dich gedrückt, okay? Und – und trau Pops ein bisschen was zu, ja? Immerhin hilft er dir beim Anstreichen (würde ich auch tun, wenn ich da wäre, weißt du ja) – und er macht sich ehrlich Sorgen.

Leska: Ich red mit ihm. Ich glaube, er kommt gerade rein, ich hör die Tür.

Das ist sogar nur halb gelogen: Ich höre die Tür, und ich werde mit Pops reden. Nur eben nicht über Inken. Ich werde ihm erzählen, dass meine ganze Klasse beim

Anstreichen helfen will, das wird ihn aufmuntern. Und dass ich mit Rina tanzen war.

Leska: Mach's gut – und lass hören, ob ihr bald nach Malta aufbrecht. ;-)
Tim: Mach ich. Mission Romantik läuft an.

So eine hätte ich auch gern. Ich klappe den Laptop zu und setze ein Lächeln für Pops auf. Meine Mission heißt Elternberuhigung.

Ich lüge. Ich habe Sehnsucht.
Und Angst, Angst, Angst. Sie liegt auf mir. Sie liegt auf mir wie eine vertraute, warme Decke.
Ich lüge schon wieder.
Sie ist eine warme Decke im Hochsommer. Schwer und erstickend. Und ich bleibe darunter. Sie klebt an mir. Ich bin in der stickigen Schwere zu Hause.
Ich schweige und versuche, ganz still zu atmen.

Fassade wahren

Schon klar, warum der Direktor dreizehn Uhr gewählt hat. Er will, dass mich möglichst viele bei dieser Aktion sehen, denn bis Schulschluss sind wir nicht fertig mit dem Streichen. Denkt der. Noch. Tja, der Schuss geht nach hinten los. Hoffe ich. Denn, ganz ehrlich gesagt, etwas eben mal schnell zu sagen, ist leicht, aber dann auch dazu zu stehen, ist wieder eine ganz andere Kiste.

Ich hab tatsächlich gezögert, als Pops mir angeboten hat, mir für heute eine Entschuldigung für die Schule zu schreiben. Aber nur kurz. Er hat mich zusätzlich mit einem Pfannkuchenfrühstück bestochen.

Und jetzt sind wir zu früh – Moms Schuld, weil sie zu früh bei uns war und gedrängelt hat –, und mir ist schlecht. Pops beschäftigt sich damit, Zeugs vom Auto zum Schuleingang zu schleppen – Planen, Leitern, Farbeimer, Rollen, Pinsel, Getränkekisten, und so langsam verstehe ich, warum er den Lieferwagen genommen hat. Die Verpflegung, die er anschleppt, reicht bestimmt für Wochen! Dabei hab ich nur was von *ein paar Leuten aus der Schule* gesagt, die zum Helfen vorbeikommen wollen. Aber Pops ist in seiner optimistischen Laune nicht zu stoppen.

Mom ist im Schulgebäude verschwunden. Vermutlich will sie dem Direktor sagen, dass wir da sind. Ich setze da bestimmt keinen Fuß mehr rein.

Nina nimmt meine Hand. »Du bist echt mutig«, sagt sie mit einer Ernsthaftigkeit, die nur Zwölfjährige zustande bringen. In ihrem Blick liegt so viel Überzeugung, dass ich einen Moment lang sogar selbst dran glauben kann.

Pops schlägt die Autotüren zu. Mit einer Tüte in der Hand kommt er zu uns. »Dann nehmen wir doch schon mal die Planen von der Fassade ab.« Aus der Tüte ragen Pinselstiele und -borsten. Er drückt sie Nina in die Hand und lächelt mir zu. Soll wohl aufmunternd sein.

Die weißen Plastikplanen sind mit breitem Klebeband an die Fassade geheftet. Pops fängt an einer Seite und ich an der anderen an, es von der Wand zu ziehen. Wenn man einen Anfang gefunden hat, geht das erstaunlich gut. Die Seiten liegen frei, und der Wind fährt unter die Plane, lässt sie Wellen schlagen. Verdammt laute Wellen. Wir greifen beide auf unseren Seiten nach dem oberen Klebestreifen und ziehen. Dabei muss ich mich auf die Zehenspitzen stellen. Wir treffen uns fast in der Mitte. Die Plane rauscht zu Boden, und ich springe schnell zur Seite. Im selben Augenblick schwingt die Schultür auf.

»Sie sind schon bei der Arbeit.« Herr Böhm eilt auf uns zu. Mom folgt ihm etwas gelassener. Pops nickt und geht daran, den unteren Rand der Plane samt Klebeband von der Fassade zu lösen. Ob er das mit Absicht genau in dem Moment macht, als Herr Böhm ihm die Hand zur Begrüßung hinstreckt, kann ich nicht sagen. Aber es tut schon gut, zu sehen, wie der Direktor den Arm hastig zurückzieht. »Ja, gut, gut.« Er streicht sich über den Schlips. »Die andere Plane können Sie ja vorerst noch dranlassen.«

Pops zerrt die laut knisternde Plastikplane zur Seite. Neben der Hecke lässt er sie fallen und winkt ab. »Ach, das machen wir gleich alles in einem Aufwasch.« Er geht zur anderen Seite der Fassade. Ich schließe mich ihm schnell an, während Mom Herrn Böhm mit *Nur eine Frage noch* beiseitenimmt. Er sieht nicht glücklich aus, aber er folgt ihr zu dem Teil der Fassade, den wir gerade freigelegt haben. Mom redet mit großen Gesten auf ihn ein, doch der Wind treibt ihre Worte von uns weg.

»Dann wollen wir mal.« Pops reißt eine Ecke vom oberen Klebeband von der Mauer. Ich gehe ihm von meiner Seite aus entgegen und werde das Gefühl nicht los, dass er diese zweite Plane nur jetzt schon abmacht, um den Direktor zu ärgern.

Die Plane geht zu Boden, und beide Schriftzüge leuchten wieder knallrot in die Gegend. Die Buchstaben sind nicht perfekt, schließlich hab ich das vorher noch nie gemacht, aber sie sind bestimmt auch noch vom gegenüberliegenden Gehweg aus zu lesen. Ich helfe Pops, die Plane zusammenzufalten. Wir deponieren sie neben der Treppe zur Eingangstür, und Pops legt mir einen Arm um die Schultern. Er sagt nichts, doch das ist okay. Er ist einfach da, zuverlässig und stark, und hält mich. Mit ihm im Rücken traue ich mich, in Richtung U-Bahnhof zu gucken. Aus der Richtung müssen sie kommen, wenn sie – falls sie kommen. Noch ist jedenfalls niemand zu sehen.

Aber es ist ja auch erst fünf vor eins.

Von wegen *erst*! Wenigstens Rina könnte sich schon mal blicken lassen. Bestimmt wollte sie nicht vorfahren, damit sie denen ins Gewissen reden kann, die in letzter Minute kneifen wollen. Bestimmt.

Pops drückt mich. »Wird schon«, sagt er. Vielleicht sieht er meine Zweifel.

Mom und Nina schließen sich uns an. »Alles klar?« Sie dreht sich noch mal halb um und winkt Herrn Böhm zu, der wieder im Inneren der Schule verschwindet.

»Dann bringen wir das mal hinter uns.« Mom schaut immer wieder zur Straße, als würde sie noch wen erwarten. Ich schnappe mir die Tüte mit den Pinseln, um was zu tun zu haben und nicht wie Mom ständig zur Straße zu schielen. Besser, ich lenke mich ab.

Pops und Mom legen Malerplane auf dem Boden aus – ein bisschen unheimlich, die zwei so harmonisch zusammenarbeiten zu sehen. Geschiedene Eltern sollten so was nicht tun, das schafft nur Verwirrung.

Nina und ich schnappen uns die zweite Plane und breiten sie links vom Eingang aus. Nina stellt sich auf das Plastik, während ich ein paar Farbeimer hole, damit die Folie auch am Boden bleibt und nicht weggeweht wird.

»Was hast du?« Sie läuft mir entgegen und nimmt mir einen Eimer aus der Hand. »Bist du enttäuscht, weil Tim nicht bei uns ist?«

»Nee, der hat heute Morgen noch eine Nachricht geschickt. Er denkt ganz fest an uns.« Und die Mission Romantik war ein voller Erfolg. Wenigstens für ihn läuft es gut. Ich stelle meinen Eimer ab und helfe Nina, den zweiten zum anderen Ende der Folie zu tragen. »Ist nur ... na ja, es wollten noch ein paar Leute aus meiner Klasse kommen.«

Und inzwischen ist es nach eins. Gut, erst drei Minuten nach. Aber trotzdem. Wir setzen den Eimer ab. Ich will mir gar nicht vorstellen, was passiert, wenn Inken auftaucht – und die anderen alle nicht da sind. Falls sie überhaupt – die Chance ist minimal. Und ich weiß nicht mehr, was ich hoffen soll. Was hab ich mir überhaupt gedacht? Dass sie von all der Unterstützung und Akzeptanz überwältigt ist und sich öffentlich mit mir versöhnt? Ich bin so bescheuert lächerlich! Gerade ich sollte wissen, dass Beziehungen nie von Dauer sind. Scheidungskinder sollten da echt klüger sein.

»Wartest du auf die da?« Nina deutet an mir vorbei zur Straße.

Da sind sie.

Ich hab gar nicht gewusst, dass unsere Klasse so beeindruckend aussehen kann. Sie sind eine bunte Meute – noch kann ich die Aufdrucke auf den T-Shirts, die sie alle über Hemden oder Pullovern tragen, nicht lesen. Rina geht vorneweg und winkt mir zu. Sie reckt eine Faust in die Luft. Sie sind alle da. Auch Philipp. Natürlich ist er am Ende der Gruppe, schlendert lässig daher, einen Arm um Jana gelegt, die unablässig auf ihn einredet. Im Moment könnte ich sie alle umarmen.

Eine ist natürlich nicht dabei.

Aber für Enttäuschung bleibt mir jetzt keine Zeit. Ich laufe zu Mom und Pops rüber. »Wir kriegen Unterstützung!«

Die beiden drehen sich um. »Ich hoffe, die haben noch Pinsel dabei.« Pops kratzt sich am Kopf. »So viele hab ich nicht mit.«

Mom grinst. »Ich kann ja Herrn Böhm fragen, ob er noch welche für uns hat.«

Ich weiß gar nicht, wann ich sie zuletzt so gut gelaunt gesehen hab. Rina läuft auf mich zu und fällt mir um den Hals. »Na, was sagst du? Ich hab alle Schäfchen zusammengetrieben.« Sie drückt mich. »Fast alle – Inken ist wieder nicht in der Schule gewesen.«

Ich beiße mir auf die Unterlippe. Nicht drüber nachdenken. »Du bist die Beste.«

Rina knufft mich in die Seite und lässt mich los. »Dann mal ran an die Fassade.«

Pops hat die Fassade oberhalb meiner Schrift mit Klebestreifen abgeklebt und erklärt allen, die ihm zuhören, dass wir die Fläche darunter, und nur darunter, *gleichmäßig* rot anstreichen werden. »Das überdeckt die Schrift –« Ein paar Buhrufe werden laut, gehen wie eine Welle durch die Menge, während Pops mit den Armen wedelt, versucht, sich wieder Gehör zu verschaffen. »– überdeckt die Schrift, ohne dass wir sie vorher wegätzen müssen.« Er verteilt Pinsel.

Philipp öffnet seine Schultasche. »Wer hat noch nicht?« Er schwenkt zwei breite Pinsel durch die Luft. »Zugreifen, hier gibt's was umsonst!«

Mir bleibt die Spucke weg, denn auf seinem T-Shirt steht tatsächlich *Schwul ist cool!*. Daher bringe ich auch keinen Laut raus, als Jana sich bei mir einhakt. Sie hält mir ihre in allen Regenbogenfarben bemalten Fingernägel vors Gesicht. »Richtig so?« Da ich nicht antworte, folgt sie meiner Blickrichtung. »Hab ich doch gesagt.« Sie zuckt mit den Schultern. »Man muss den nur zu nehmen wissen.«

An der Fassade ist kaum Platz für alle. Wir stehen dicht gedrängt davor – ein bisschen tut es trotzdem weh, die Schrift zu übermalen. Mir ist, als müsste ich damit auch endgültig mein letztes Stückchen Hoffnung auf eine Versöhnung mit Inken aufgeben. Ich beiße die Zähne zusammen und setze den Pinsel neu an.

»War trotzdem eine tolle Aktion.« Rina platziert ihren Pinsel neben meinem. »Also, wenn ich deine Freundin wäre – bin ich ja, aber du weißt schon, na ja, wie auch immer, ich wüsste so was zu schätzen.«

Ich entspanne meine Gesichtsmuskeln, weil sie's gut meint. Aber ich bin noch lange nicht bereit, über die Ex – über Inken zu lästern. Dafür verstehe ich sie zu gut. Schweigend malen wir die Wand an, streichen Seite an Seite rote Farbe über die Schrift.

Die Buchstaben verschwinden. Als hätte ich sie nie geschrieben. Als wäre all das nie passiert. Als hätte ich mir Inken nur eingebildet, uns nur geträumt.

Rina blickt mich mit einer Frage im Gesicht an. Hat sie was gesagt? Ich zucke mit den Schultern, und sie verdreht die Augen.

»Du sollst dich einfach mal umsehen.« Sie legt ihren Pinsel weg und nimmt mir meinen aus der Hand. »Einfach mal umdrehen, das ist ein viel besserer Anblick als diese Wand.«

Was immer sie meint – ich folge ihren Worten. Die

anderen stehen in Gruppen zusammen, schwatzen, lachen, bilden einen ganzen Wald aus T-Shirt-Sprüchen.

Jede Liebe verdient Respekt, Schwul ist cool!, Gib Hass keine Chance, Lesbisch oder hetero – Liebe ist es sowieso, Hass macht dumm, Meine Freundin ist lesbisch – und du? Keine Akzeptanz für Homophobie!.

»Na los, komm.« Rina zieht mich mit sich, mitten hinein in den Spruchwald. Sie hat ihr Handy parat und schießt Fotos. Jana schiebt Philipp in den Vordergrund. Sie zieht sein T-Shirt glatt, damit der Spruch gut zu lesen ist, und lacht, während er eine Grimasse zieht. Rina knipst und knipst. Ich trotte ihr hinterher. Wenn Inken das hier erleben könnte – vielleicht würde ihr das ein bisschen Mut machen.

Nina springt uns in den Weg und präsentiert stolz, was sie sich auf den alten Pullover, den sie zum Malern trägt, geschrieben hat: *Ich will mal so mutig werden wie meine lesbische Schwester.*

»Stellt euch mal nebeneinander.« Rina wedelt mit ihrer freien Hand. Ich lege einen Arm um Nina und drücke sie an mich, spüre ihren dünnen Arm auf meinem Rücken. Rina hält den Augenblick fest. »Perfekt!« Sie strahlt uns an. In mir tobt ein Chaos aus kribbeliger Freude, tränenseliger Rührung und einem Bedauern, das sich nicht abschütteln lässt, irgendwo an meinem Herz ziept.

Rina stellt sich auf einen umgedrehten Farbeimer. »Alle mal herhören!« Sie winkt mit den Armen, als es nicht gleich still wird. Lachen und Gespräche verstummen. »Danke!« Sie grinst in all die Gesichter um uns herum. »Stellt euch mal alle vor dieser Wand auf – Gruppenfoto!« Während die anderen ihrer Aufforderung nachkommen, lehnt Rina sich zu mir. »Dann haben wir wenigstens noch mal ein Bild, auf dem diese Wand korrekt beschriftet ist.«

Ich kann schon wieder nichts sagen und schlucke und schlucke. Nina nimmt meine Hand. »Wir müssen da mit drauf, komm schon.«

»Du gehörst da aber auch mit drauf.« Pops ist neben uns und lässt sich Rinas Handy geben. Ihre Erklärungsbemühungen, wie er damit ein Bild macht, quittiert er mit einem Kopfschütteln. Er scheucht uns zu den anderen. Sie machen uns in ihrer Mitte Platz.

»Moment!« Mom drängelt sich hinter Nina und mich. »Ich will mit aufs Bild.« Sie legt ihre Arme um uns. »Das kann ich doch nicht verpassen.«

Pops hält das Handy hoch. »Alle bereit?«

Erst als wir die leeren Farbeimer und Getränkekisten ins Auto laden, schrillt die Schulklingel und verkündet das Ende der letzten Stunde. Die Tür schwingt auf. Herr Böhm eilt im Sturmschritt heraus, und das überhebliche Grinsen fällt ihm aus dem Gesicht, als er uns alle sieht. Er hat keine Zeit, was zu sagen oder uns zu verscheuchen, denn hinter ihm drängen die Schüler aus dem Gebäude.

Sie strömen um den erstarrten Herrn Böhm herum, werden selbst langsamer, als sie uns wahrnehmen, unsere T-Shirts sehen. Im Gegensatz zu ihrem Direktor lassen die meisten sich nichts anmerken. Ein bisschen Schulterzucken, ein paar blöde Sprüche, spöttisches Lachen, schnelles Wegschauen, gesenkte Köpfe. Weitergehen.

Von uns schaut niemand weg. Wir stehen auf dem Gehweg, immer noch alle beisammen. Rina hakt sich bei mir ein, und Jana greift die Geste auf. Wir bilden eine Kette, an der sie alle vorbeigehen müssen.

Herr Böhm schaut zwischen uns und der Wand hin und her. Er runzelt die Stirn, aber offenbar fehlen ihm die Worte. Schweigend dreht er sich um und drängelt sich durch die Schülermassen zurück ins Gebäude.

»Guck dir all die Schwulen an.« Eine Gruppe Schüler bleibt vor uns stehen, der ganz vorne ein typischer Schau-her-wie-gut-ich-aussehe-Typ. »Sollen wir jetzt Angst haben, oder was?« Die Jungs und Mädchen hinter ihm lachen. Kichern. Kommentieren.

Rina drückt meinen Arm. »Erstens, nur Jungs sind schwul, bei Mädchen heißt das lesbisch. Zweitens, ist doch egal, wer hier was ist. Uns geht's darum, dass alle gleich sind. Das solltet selbst ihr kapieren können. Drittens, wenn du so viel Angst vorm Schwulsein hast, bist du echt bedauernswert.«

Ich könnte sie knutschen. Ihre Worte bringen den Typ zwar nicht zum Schweigen, aber ich kann mich an ihnen festhalten, genauso wie an den Armen links und rechts von mir, während weiterer Spott auf uns regnet. Rina beugt sich näher zu mir. »Hör einfach nicht hin. Die sind es nicht mal wert, dass man sich aufregt.« Sie küsst mich auf die Wange.

Pfiffe ertönen. *Weiter! Oh ja, zeigt's uns! Ausziehen, ausziehen! Ja, lasst uns Action sehen!* Eindeutige Bewegungen und Gesten begleiten die Rufe.

Ich weiche einen Schritt zurück. Ich will flüchten.

»Was denn? Plötzlich so schüchtern?« Der Schönling kommt auf mich zu.

Pops und Mom drängen sich von hinten durch unsere Reihe. Rina lässt sie durch und hakt mich dann wieder unter. Mom legt eine Hand auf meine Schulter, und Pops schirmt mich von dem Schönling ab.

»Das reicht jetzt. Ihr haltet das vielleicht für witzig oder für einen normalen Umgangston, ich finde das schlicht herabwürdigend. Für euch genauso wie für meine Tochter.«

Sie verstummen nicht sofort. Ein paar Pfiffe, leises Gelächter, aber immerhin keine blöden Kommentare mehr. Pops bleibt vor mir stehen. Selbst von hinten wirkt er breitschultrig und beeindruckend, wie er sich da keinen Millimeter von der Stelle rührt. Ebenso ruhig und sicher liegt Moms Hand auf meiner Schulter.

Pops lehnt sich ein Stück nach vorn. »Ich will jetzt keinen Laut mehr hören. Ihr habt doch bestimmt alle ein Zuhause – nur schade, dass man euch da keinen Anstand beigebracht hat.«

Die Clique zieht schweigend ab. Philipp, ganz am Ende unserer Reihe, verpasst ihnen noch einen Kommentar, den ich nicht hören kann. Er bleibt unerwidert. Pops und Mom bleiben bei mir, während die Schule sich leert. Es gibt zwar keine blöden Bemerkungen mehr, aber ich bin auf einmal froh, dass Inken nicht hier ist. Diesen Teil der Aktion hätte sie ganz sicher nicht brauchen können.

Ich bin ein Feigling. Ich kann nicht mal hingehen, als sie alle kommen. Alle unterstützen sie, nur ich nicht. Ich zittere schon, nur weil ich dieses Gebäude sehe.
Von den Mauern hallt das Echo ihrer Stimmen. Jedes Wort ist wieder da. Mir ist schlecht.
Hände liegen auf meinem Rücken. Ich weiß, sie sind nicht da, aber sie drücken mich aus dem Fenster. Meine Füße haben keinen Boden mehr unter sich. Das Loch unter mir ist zu tief, frisst mich auf.
Die Schulklingel schrillt. Von weit weg. Aber ich erstarre. In meinen Ohren schrillt es so laut, als wäre ich wieder in dem Gebäude.
Nie wieder.
Ich drehe mich um. Ich renne.
Weg. Nur weg.
Feig-ling, Feig-ling, hämmern meine Füße auf die Steine.

Leska's Life: Mein Leben mit dem Coming-out

Notizen aus der Realität. Aktuelle Haarfarbe: Regenbogen!

10. Oktober

Hallo, ihr da draußen –

die letzten Tage waren die absolute Achterbahnfahrt. Mal dachte ich, gleich müsste ich sterben, mal haben mich Menschen, die ich ewig kenne, so überrascht und gerührt, dass ich durch die ganze Stadt tanzen wollte.
Eine dieser Sachen: Ihr erinnert euch an die besprayte Schulfassade?
Das war ich.
Ganz in echt, ich stecke mir hier keine fremden Federn an.
Und dann musste ich in diese Schule gehen – mit meinen Eltern – und das zugeben, weil jemand Unschuldiges unter Verdacht geraten war. Ich hab echt gedacht, mein Leben ist zu Ende. Aber ich wollte auch nicht zulassen, dass jemand anderes für das, was ich getan habe, in Schwierigkeiten kommt.
Zur Strafe sollte ich die Schrift überstreichen.
Die Fassade wieder hübsch blank machen.
Die Wahrheit übertünchen.
Und als sich mir deswegen gerade so richtig der Magen umdrehte, haben meine Eltern gesagt, sie helfen mir!!

Sie lassen mich damit nicht allein. Das hat mich total umgehauen.
Und das war noch nicht alles: Kaum hab ich das halbwegs verarbeitet, überredet meine beste Freundin unsere gesamte Klasse, bei der Aktion mitzumachen! Die haben alle mit mir die Wand gestrichen und dabei T-Shirts mit Sprüchen gegen Hass und Homophobie getragen. Es war absolut irre!
So war's echt eine tolle Aktion, auch wenn die Schule jetzt wieder aussieht, als wäre nichts gewesen ... Und natürlich gab's von den Schülern auch dumme Kommentare, was sich mies angefühlt hat, aber wir haben uns davon nicht einschüchtern lassen.
Hier findet ihr ein paar Fotos davon, was eigentlich permanent an dieser Wand stehen sollte.

Bis demnächst –
Eure Leska

KOMMENTARE

outandabout

Lass dich nicht unterkriegen! Aber was sag ich da – bei der Unterstützung muss man ja geradezu Flügel bekommen. :-)

Carla07

Wow, das ist ja großartig mit der Unterstützung! Kann aber auch verstehen, dass es enttäuschend ist, dass es für die Schule jetzt wieder keine Folgen hat ... Aber die Leute in deiner Klasse sind super! Kann ich mir welche von denen ausborgen?

butchblue

Das sind doch mal hoffnungsvolle Zeichen. Du hast echt eine coole beste Freundin!
Und wer weiß, vielleicht hat das ja auch an der Schule was bewegt ...

RandaleSister

@butchblue: Danke für das Kompliment! :-)
R.

Schrankflüchtling

Die Idee hat mich inspiriert – T-Shirt ist in Auftrag gegeben: I kiss girls! And they like it!

butchblue

Darf ich die Idee klauen? Und was haltet ihr davon, wenn wir vor dieser Schule ein Kiss-in veranstalten? So unter dem Motto »Homoküsse gegen Homohass«. Damit die nicht so schnell vergessen, dass wir uns nicht einschüchtern lassen.

Schrankflüchtling

Da bin ich sofort dabei! Und meine Coming-out-Gruppe bestimmt auch, ich schreibe die gleich mal an. :-)

outandabout

Ich bin dabei, aber so was von!!!

Drachenreiten

Eine SMS von Tim unterbricht Pops' morgendlichen Aufmunterungsmonolog. »Muss das sein?« Er runzelt die Stirn, aber ich bin froh über die Unterbrechung.

Gelandet in Malta! Finally!

Schnell tippe ich: **Glückwunsch. ;-)**

»Würdest du bitte dein Handy weglegen?«

»Tim und Sophia sind auf Malta angekommen.« Ich schalte das Handy stumm und schiebe nur den oberen Rand in meine Hosentasche, sodass ich den Bildschirm weiter beobachten kann.

»Schön, schön.« Pops stellt die Butter auf den Tisch. »Iss was, ein gutes Frühstück – «

» – ist die beste Grundlage für den Tag. Ja, ja, ich weiß.« Ich greife mir eine Scheibe Brot, obwohl ich keinen Hunger habe. In einer Dreiviertelstunde müssen Rina und ich das Glücksreferat halten – ohne Inken. Es wird von Tag zu Tag schwerer, nicht zu ihr zu gehen. Ich hab den Plan genau im Kopf: *Statt zur Schule fahre ich zu dir. Ich warte vor deiner Wohnung, bis deine Eltern zur Arbeit sind, dann klingele ich. So lange, bis du aufmachst. Ich sage dir, dass es mir leidtut. Ich erzähle dir von der Aktion unserer Klasse. Du bist überwältigt von so viel Unterstützung. Ich setze noch einen drauf und sage, dass diesen Freitag ein Kiss-in vor deiner alten Schule geplant ist, dass die Leute, die regelmäßig meinen Blog kommentieren, dafür ordentlich Werbung machen, es schon viele Zusagen gibt. Du ziehst mich an dich. Wir küssen uns. Keine Geheimnisse mehr. Du versprichst es.*

Wenn ich wirklich Mut für zwei hätte, wäre das längst nicht mehr nur ein Plan in meinem Kopf.

»Du sollst dein Brot essen, nicht zerkrümeln.« Pops schüttelt den Kopf und hält mir eine neue Scheibe hin.

Auf meinem Teller liegt tatsächlich ein Krümelberg. Inken hat nicht mal auf Rinas Anfrage reagiert, ob sie zum Referat kommt oder nicht – und falls nicht, ob sie uns dann ihren Teil schicken kann.

Vielleicht hätte doch ich dir schreiben sollen. Vielleicht glaubst du jetzt, ich hätte dich weiter verraten und Rina von uns erzählt.

Hab ich ja auch.

Pops räuspert sich, und mein Handy vibriert. Ich nehme Pops das Brot ab, mit dem festen Vorsatz, es diesmal auch zu essen. Aber erst –

Hab deinen Blog gelesen – ich drück dir die Daumen, dass Freitag viele kommen! Hast du denn auch eine zum Küssen …? ;-)

Typisch großer Bruder, immer mitten rein in die Wunde. Aber das kann er ja nicht wissen. Da Pops mich schweigend beobachtet, widme ich mich dem Brot auf meinem Teller und lasse Tim warten. Eigentlich ist mein Magen viel zu verknotet zum Essen, aber ich zwinge mich zu ein paar Bissen. Pops nickt zufrieden und konzentriert sich endlich auf sein eigenes Frühstück.

Woher soll ich die plötzlich nehmen?
Aber Rina hat gesagt, sie würde mit mir hingehen …
Wow, sollte ich da was wissen …?
Quatsch! Nur ein Gefallen unter besten Freundinnen! Drück uns heute erst mal die Daumen für unser Referat, ja?
Schade …! Das mit dem Referat schaukelt ihr schon. Sorry, muss aufhören, hab unser Gepäck auf dem Band gesichtet.
Macht's gut!
Du auch!

Ich schiebe das Handy ganz in die Hosentasche. *Du wirst dich bestimmt nicht melden.* So viel Glück habe ich nicht.

»Soll ich dich zur Schule fahren?« Pops stellt Teller und Tassen in die Spüle. »Ich muss bei einem Kunden ganz in der Nähe vorbei.«

»Lass mal. Das bisschen Laufen vertreibt vielleicht was von meiner Nervosität.« Und heute kann ich nicht bei jedem Schritt über Schule schwänzen oder nicht nachgrübeln, ich kann Rina schließlich nicht mit dem Referat alleinlassen.

»Ihr kriegt das bestimmt fantastisch hin.« Pops klopft mir auf die Schulter. Wie schön, dass meine Familie davon so überzeugt ist. Pops lässt eine Hand auf meiner Schulter liegen. »Du hast schon ganz andere Sachen hingekriegt, da lässt du dich doch nicht von so einem Referat einschüchtern.«

An dem Satz halte ich mich fest, als Herr Ott uns nach vorne bittet. »Langsam reden«, flüstert Rina mir zu, während wir zur Tafel gehen.

Ich nicke. Langsam reden und improvisieren – was fünf Minuten vorm Klingeln noch logisch klang, scheint mir gerade vollkommen widersprüchlich.

Herr Ott lächelt uns zu. »Wir wissen ja alle, dass ihr mit eurem Glücksreferat ein wenig Pech habt, weil eine aus eurer Gruppe fehlt. Aber zum Glück seid ihr sicherlich perfekt vorbereitet.«

Optimist. Wir hatten ein bisschen Ablenkung von der perfekten Vorbereitung. Aber das hilft jetzt auch nicht weiter. Wenn ich könnte, würde ich genau mit dieser Ablenkung anfangen, etwas dazu sagen, dass ich im Gegensatz zu Inken das Glück hatte, hier an diese Schule zu gehen, wo sie mich akzeptiert und nicht gemobbt haben. Hinter mir quietscht Kreide über die Tafel. Rina schreibt den Titel unseres Referats an, und ich tue so, als würde ich Papiere sortieren, die längst sortiert sind.

Bis auf das Quietschen und das Rascheln von Papier ist es vollkommen still. Dann verstummt auch das Quietschen. Jetzt sollte uns besser was einfallen. Rina schweigt, reibt sich Kreidestaub von den Händen. Er tanzt in der Luft.

Tanzen. Musik. Glück. Da muss sich doch was finden lassen! Ich lege die Papiere auf den Tisch. »Was ist Glück? Mit der Frage haben wir angefangen – und viele Definitionen dazu recherchiert.« Die Erleichterung macht mir die Knie schwach, weil ich jetzt weiß, wie wir Zeit gewinnen. »Wir haben uns gedacht, bevor wir zusammenfassen, was kluge Köpfe in der Vergangenheit dazu gesagt haben, sammeln wir erst einmal, was für euch Glück bedeutet.« Ich schnappe mir zwei Kreidestücke und drücke eins Rina in die Hand. »Ihr sagt uns, was ihr unter Glück versteht, und wir schreiben mit. So bekommen wir ein erstes Glücksbild. Wer fängt an?«

»'ne Vier statt 'ner Fünf in Mathe«, ruft Philipp. Die Klasse lacht, und Rina schreibt mit einem breiten Grinsen mit. Der Bann des Schweigens ist gebrochen.

Das perfekte Kleid finden. Sommerferien. Den Highscore vom Lieblingsgegner knacken. Schlittschuhlaufen, wenn die Sonne sich auf dem Eis spiegelt. Geburtstagsgeschenke auspacken. Beim Hundertmeterlauf schneller sein als das Mal davor. Tanzen, bis alle Gedanken sich abschalten. Mit der besten Freundin schweigen und wissen, dass wir im selben Moment genau dasselbe denken. Verliebtsein, wenn man wiedergeliebt wird.

»Ein Tag ohne Angst.« Die Stimme kommt von der Tür. Bei all den sich einander übertönenden Glücksvorschlägen habe ich nicht gehört, wie sie geöffnet wurde. Aber die Stimme würde ich überall und jederzeit heraushören. Inken. Sie steht da, hält sich mit einer Hand an der Türklinke fest und umklammert mit der anderen ihre Armreife. »Entschuldigung, dass ich zu spät komme.« Sie blickt zu mir. Stille fällt über den Raum. Inken spielt an ihren Armreifen herum, und zwischen dem Gold und Grün blitzt ein silberner hervor.

Worte ballen sich in meiner Kehle zusammen, versperren sich gegenseitig den Weg hinaus. Inken lässt die Tür los und kommt auf mich zu. Oder auf uns. Auch wenn sie mich anblickt. Sie sieht dünnhäutig aus. Als wäre sie wirklich krank gewesen in diesen Tagen. Sie macht kleine Schritte. Nichts verrät mir, was sie vorhat. Ich lasse mich von ihrem Blick festhalten. Kann nichts sagen. Will gar nichts sagen. Das muss sie tun.

Ihr Atem streift mein Gesicht. »Ich bin an dieser Schule gewesen, vor der ihr alle letztens protestiert habt. Wegen mir hat Leska das da an die Fassade geschrieben.« Ihre Finger berühren meine. Sie dreht sich zur Klasse. »Ich hab viel Glück gehabt, das hab ich in den letzten Tagen begriffen. Vor lauter Angst wäre mir das fast nicht klar geworden.« Wieder streifen ihre Finger meine. Ich halte ganz still, als könnte die kleinste Bewegung sie verscheuchen. Inken schließt ihre Finger um meine Hand. Mein ganzes Gesicht kribbelt, vor lauter Grinsen. Und das Grinsen kribbelt durch meinen gesamten Körper. Bestimmt hebe ich gleich ab, so sehr kribbelt es in mir. Sie hält meine Hand, und ich halte ihre. Ein kleiner Stoß gegen meine Schulter bringt mich auf den Boden zurück. Rina zwinkert mir zu. Sie deutet auf Inkens und meine miteinander verschlungenen Finger und reckt beide Daumen nach oben.

Inken lehnt sich ein wenig an mich. »Jetzt in diesem Moment kann ich hier stehen, ohne Angst, weil ich gesehen habe, wie ihr euch für Leska und mich eingesetzt habt. Na ja, ihr habt das von mir nicht gewusst, weil ich da nicht drüber reden konnte. Das ist immer noch schwer. Aber zum Glück wird es leichter.«

Ihre Hand in meiner ist knochig und weich und alles, was ich vermisst habe. Ihre Haare kitzeln an meinem Hals. Mein Gesicht schmerzt schon, aber mein Grinsen gebe ich nicht wieder her, und Herr Ott sagt irgendwas, und irgendwer sagt, er müsse jetzt mal still sein, den Moment respektieren, und wir halten uns fest an den Händen, und dieser Moment ist einfach nur gut.

Mein Herz rast. Mein ganzer Körper steht auf Flucht. Deine Hände halten mich. Hier.
Hier: Ein Meer aus Paaren wie wir. Gleich alt, älter, groß, klein, faltig, bebrillt, langhaarig, schlaksig, Stachelfrisur, Arm in Arm, Hand in Hand, rund, mit Strickmütze, mein Blick begegnet so viel Lachen. Schmunzeln. Ein Zwinkern, als du meine Finger küsst.
Ich schaue nicht zu dem Angst-Gebäude. Ich schaue in deine Augen. Auch, als die Klingel schrillt. Auch, als wir alle zählen. ZEHN, NEUN, ACHT, SIEBEN, SECHS, FÜNF - als ich die anderen Stimmen höre, die Schritte -, VIER, DREI, ZWEI - als die Angst zu groß für meinen Körper scheint -, EINS - als deine Lippen meine berühren und ich dich in meine Arme ziehe, bis du verschwimmst, und ich im Kuss die Augen schließe, dich weiter küsse, auch als um uns herum alle jubeln und klatschen.
Du hältst mich und lässt mich entscheiden über diesen Kuss, den ich nie wieder beenden will.

Leska's Life: Mein Leben mit dem Coming-out

Notizen aus der Realität. Aktuelle Haarfarbe: dunkelblond (ja, echt, meine Naturfarbe)

15. Oktober

Hallo, ihr da draußen –

eigentlich kann ich's immer noch nicht glauben, und mir fehlen auch noch die Worte ... Tausend Dank (und das reicht noch lange nicht!!!) an alle, die mitgemacht haben, alle, die das weiterverbreitet und unterstützt haben. Ihr seid die Besten!

Und weil sie dabei war (meine Freundin!), kann ich jetzt auch endlich die Geschichte von meinem ersten Kuss erzählen, ganz wie hier versprochen. Also, der ganz erste war eigentlich nur ein Flaschendrehkuss ...

Ein paar Fotos vom Kiss-in findet ihr hier. :-)
Und weil ich für viele Worte echt immer noch zu überwältigt bin, bekommt ihr jetzt schlicht den Zeitungsartikel der *Berliner Nachrichten* zum Nachlesen (ja, die Presse war auch da):

Homoküsse gegen Homohass

von Frieda Max

Die Hanstein-Schule ist wieder in den Nachrichten, und vermutlich freut sie das gar nicht. Offizielle Vertreter der Schule standen jedenfalls nicht für einen Kommentar zur Verfügung.

Nachdem erstmals durch eine Sprayer-Aktion auf die homophoben Vorfälle an der Schule hingewiesen wurde, versammelten sich jetzt Gruppen von Lesben und Schwulen vor der Einrichtung, um durch Küsse gegen Hass und für Akzeptanz zu demonstrieren.

Wir konnten ein Interview mit zwei Teilnehmerinnen der Aktion führen.

Was hat euch bewegt, heute hierherzukommen?

Inken: Ich bin letztes Jahr hier zur Schule gegangen. (Sie greift nach der Hand ihrer Freundin.) Und ich wurde ständig gemobbt, nachdem meine Klasse mitbekommen hatte, dass ich lesbisch bin.

Leska: Als wir zusammengekommen sind, wollte sie, dass niemand was davon erfährt – ich hab das erst nicht verstanden, aber dann hat sie mir erzählt, was sie hier erlebt hat. Das hat mich so wütend gemacht! (Sie zieht ihre Freundin enger an sich.)

Inken: Ich hab nicht geglaubt, dass es anders laufen könnte als an meiner alten Schule. Ich hab Angst gehabt, Albträume.

Was ist passiert, dass du trotzdem heute hier bist?

Inken: (lacht) Leska ist passiert! Das alles findet ja nur wegen ihr statt. Ich wäre fast nicht hergekommen – eben wegen meiner Angst –, aber dann hat mein Opa mit mir geredet, na ja, mehr mir zugehört und mich reden lassen –, und er ist mit mir hierhergegangen. Er steht da drüben (sie winkt, und ein älterer Herr winkt zurück). Wir könnten ja einfach nur mal aus der Ferne zuschauen, hat er gesagt (lacht wieder), so viel wäre ich mir selbst schuldig. Na ja, als ich das alles gesehen hab, konnte ich nicht nur zuschauen ...

Dann könnte man also sagen, dieses Kiss-in hat eine therapeutische Wirkung für dich gehabt?

Inken: Na ja – eine ermutigende. Die Angst verschwindet nicht einfach, wie von Zauberhand oder so. Aber ich will meine Peiniger von damals nicht gewinnen lassen.

(hier weiterlesen)

... ich denke, das sind doch gute Abschlussworte für heute!

:-)

Bis demnächst –

Eure Leska